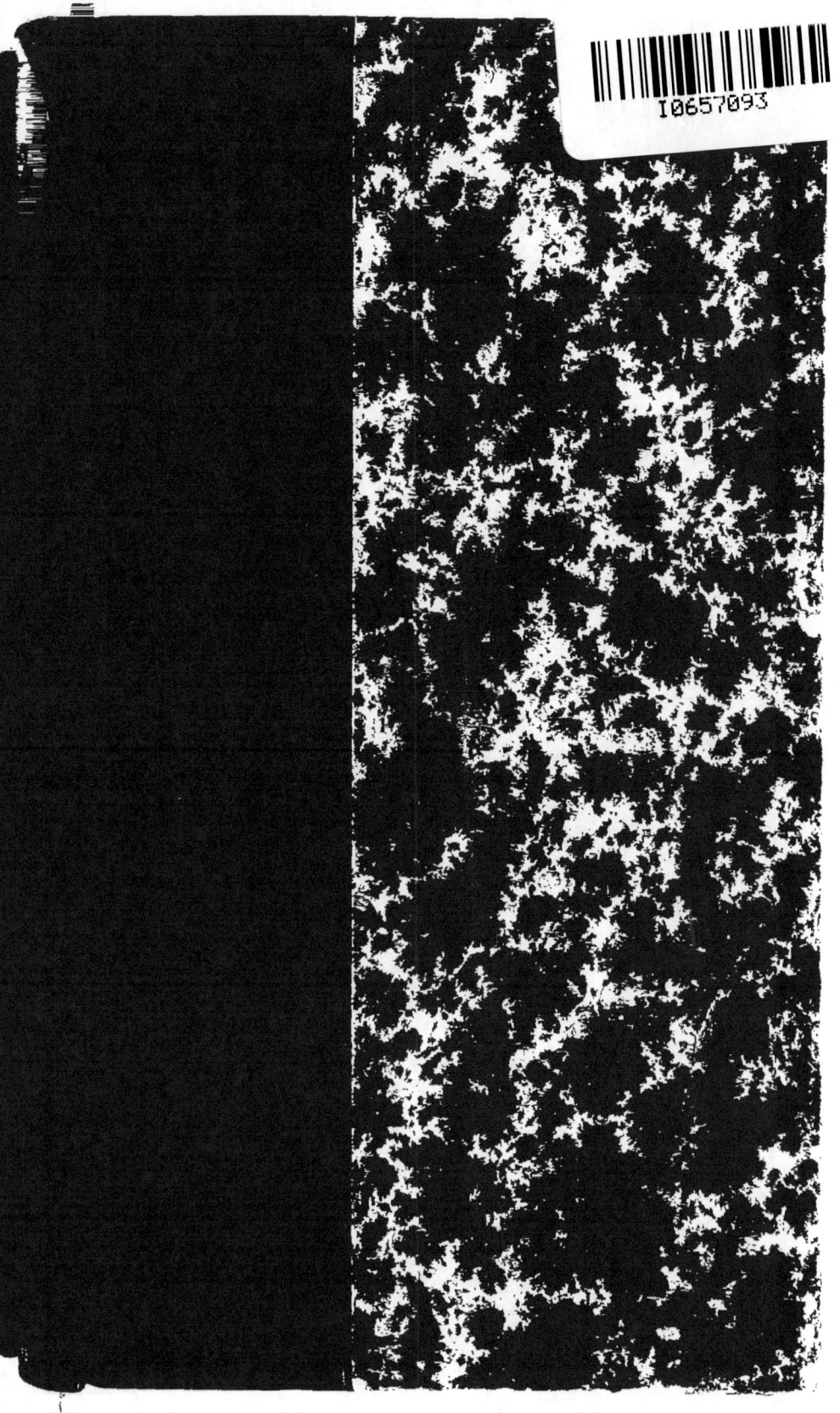

ŒUVRES

DE

J. BARBEY D'AUREVILLY

ŒUVRES

DE

J. BARBEY D'AUREVILLY

LE

CHEVALIER DES TOUCHES

PARIS

ALPHONSE LEMERRE, EDITEUR

27-31, PASSAGE CHOISEUL, 27-31

M D CCC LXXIX

A MON PÈRE

UE de raisons, mon père, pour Vous
dédier ce livre qui Vous rappellera
tant de choses dont Vous avez gardé
la religion dans Votre cœur ! Vous
en avez connu l'un des héros, et probablement
Vous eussiez partagé son héroïsme et celui de ses
onze Compagnons d'armes, si Vous aviez eu sur
la tête quelques années de plus au moment où

I

l'action de ce drame de guerre civile s'accomplis-
sait! Mais alors Vous n'étiez qu'un enfant, —
l'enfant dont le charmant portrait orne encore la
chambre bleue de ma grand'mère, et qu'elle nous
montrait, à mes frères et à moi, dans notre
enfance, du doigt levé de sa belle main, quand
elle nous engageait à Vous ressembler.

Ah! certainement, c'est ce que j'aurais fait de
mieux, mon père! Vous avez passé Votre noble
vie comme le Pater familias antique, maître chez
Vous, dans un loisir plein de dignité, fidèle à des
opinions qui ne triomphaient pas, le chien du
fusil abattu sur le bassinet, parce que la guerre
des Chouans s'était éteinte dans la splendeur
militaire de l'Empire et sous la gloire de Napo-
léon. Je n'ai pas eu cette calme et forte destinée.
Au lieu de rester ainsi que Vous, planté et solide
comme un chêne dans la terre natale, je m'en suis
allé au loin, tête inquiète, courant follement après
ce vent, dont parle l'Écriture, et qui passe, hélas!
à travers les doigts de la main de l'homme,
également partout! Et c'est de loin encore que je

Vous envoie ce livre qui Vous rappellera, quand Vous le lirez, des contemporains et des compatriotes infortunés auxquels le Roman, par ma main, restitue aujourd'hui leur page d'histoire.

Votre respectueux et affectionné fils.

Jules Barbey d'Aurevilly.

Ce 21 novembre 1863.

LE

CHEVALIER DES TOUCHES

I

Trois siècles dans un petit coin.

’ÉTAIT vers les dernières années
de la Restauration. La demie de
huit heures, comme on dit dans
l'Ouest, venait de sonner au clo-
cher, pointu comme une aiguille
et vitré comme une lanterne, de l'aristocra-
tique petite ville de Valognes.

Le bruit de deux sabots traînants, que la
terreur ou le mauvais temps semblaient hâter
dans leur marche mal assurée, troublait seul le

silence de la place des Capucins, déserte et
morne alors, comme la *lande du Gibet* elle-
même. Tous ceux qui connaissent le pays,
n'ignorent pas que la *lande du Gibet,* ainsi appelée parce qu'on y pendait autrefois, est un
terrain, qui fut longtemps abandonné, à droite
de la route qui va de Valognes à Saint-Sauveur-
le-Vicomte, et qu'une superstition tradition-
nelle la faisait éviter au voyageur... Quoiqu'en
aucun pays, du reste, huit heures et demie ne
soient une heure indue et tardive, la pluie qui
était tombée, ce jour-là, sans interruption, la
nuit, — on était en décembre, — et aussi les
mœurs de cette petite ville, aisée, indolente et
bien close, expliquaient la solitude de la place
des Capucins et pouvaient justifier l'étonnement
du bourgeois rentré, qui peut-être, accoté sous
ses contrevents strictement fermés, entendait
de loin ces deux sabots, grinçants et haletants
sur le pavé humide et au son desquels un
autre bruit vint impétueusement se mêler.

Sans doute, en tournant la place, sablée à
son centre et pavée sur ses quatre faces, et en
longeant la porte cochère vert-bouteille de
l'hôtel de M. de Mesnilhouseau, qu'on avait, à
cause de sa meute, surnommé Mesnilhouseau
des chiens, les sabots qu'on entendait réveil-
lèrent cette compagnie des gardes endormie,
car de longs hurlements éclatèrent par-dessus

les murs de la cour, et se prolongèrent avec la
mélancolie désolée qui caractérise le hurlement
des chiens dans la nuit. Ce long pleur, monotone et désespéré des chiens, qui essayèrent de
fourrer leur nez et leurs pattes sous la colos-
sale porte cochère, comme s'ils avaient senti
sur la place quelque chose d'insolite et de formidable, cette noire soirée, ce vent dans la
pluie, cette place solitaire, qui n'était pas
grande, il est vrai, mais qui, de riante qu'elle
était autrefois, quand elle ressemblait à un
square anglais, avec ses arbres plantés en carré
et ses blanches balises, était devenue presque
terrible, depuis qu'en 182.. on avait dressé au
milieu une croix sur laquelle, colorié gros-
sièrement, se tordait, en saignant, un Christ
de grandeur naturelle ; tous ces accidents, tous
ces détails pouvaient réellement impressionner
le passant aux sabots, qui marchait sous son
parapluie, incliné contre le vent, et dont l'eau
qui tombait frappait la soie tendue de ses
gouttes sonores, comme si elles eussent été des
grains de cristal.

Supposez, en effet, que ce passant inconnu
fût une personne d'une imagination naïve et
religieuse, une conscience tourmentée, une
âme en deuil, ou simplement un de ces êtres
nerveux, comme il s'en rencontre à tous les
étages de l'amphithéâtre social, on conviendra

qu'il y avait assez dans les détails qu'on vient
de signaler, mais surtout dans l'image de ce
Dieu sanglant qui, le jour, grâce à la gros-
sièreté de la peinture, épouvantait le regard,
sous les joyeux rayons du soleil, et qu'on savait
là, sans le voir, étendant ses bras dans la nuit,
pour faire pénétrer le frisson jusque dans les
os et doubler les battements du cœur. Mais,
comme s'il avait fallu davantage, voici qu'un
fait étrange, — dans cette petite ville où, à
pareille heure, les mendiants dormaient bien
acoquinés dans leur paille, et où les voleurs de
rue, les gentilshommes de grand chemin, étaient
à peu près inconnus, oui, un fait extraordi-
naire vint à se produire tout à coup... De la
rue Siquet au milieu de la place des Capucins,
la lanterne qui projetait sa pointe de lumière
sous le parapluie incliné s'éteignit, juste en
face du grand Christ. Et ce n'était pas le vent
qui l'avait soufflée, mais une haleine! Les nerfs
d'acier qui tenaient cette lanterne l'avaient
élevée jusqu'à la hauteur de quelque chose
d'horrible, qui avait parlé. Oh! ce n'avait pas
été long! un instant! un éclair! Mais il est des
instants dans lesquels il tiendrait des siècles!
C'est à ce moment-là que les chiens avaient
hurlé. Ils hurlaient encore, quand une petite
sonnette tinta à la première porte de la rue
des Carmélites, qui est à l'extrémité de la

place, et quand la *personne aux sabots* entra, mais sans sabots, dans le salon des demoiselles de Touffedelys, qui l'attendaient pour leur causerie du soir.

Elle, ou plutôt *il* (car c'était un homme), était chaussé avec l'élégance d'un abbé de l'ancien régime, comme on disait beaucoup alors, et d'ailleurs, quoi d'étonnant, puisque c'en était un ?

— J'ai entendu votre *voiture,* l'abbé, dit la cadette des Touffedelys, mademoiselle Sainte, qui, dans son impossibilité absolue d'inventer le moindre petit mot quelconque, répétait la plaisanterie de l'abbé, quand il parlait de ses sabots.

L'abbé donc qui s'était débarrassé à la porte du vestibule d'une longue redingote de bougran vert, mise par-dessus son habit noir, s'avança dans le petit salon, droit, imposant, portant sa tête comme un reliquaire et faisant craquer ses souliers de maroquin, préservés par les sabots de l'humidité. Quoiqu'il vînt d'éprouver une de ces impressions qui sont des coups de foudre, il n'était ni plus pâle ni plus rouge qu'à l'ordinaire, car il avait un de ces teints dont la couleur semble avoir l'épaisseur de l'émail et que l'émotion ne traverse pas. Déganté de sa main droite, il offrit à la ronde deux doigts de cette main aux quatre per-

2

sonnes qui étaient là autour de la cheminée,
et qui s'interrompirent pour le recevoir.

Mais quand il eut donné ces deux doigts à la
dernière personne de ce petit cercle :

— Il y a quelque chose, mon frère ! s'écria
celle-ci en tressaillant (à quoi le voyait-elle ?) ;
mais vous n'êtes pas dans votre état naturel,
ce soir !

— Il y a, dit l'abbé d'une voix ferme, mais
grave, que tout à l'heure le vieux sang d'Hots-
pur a failli avoir presque peur.

Sa sœur le regarda d'un air incrédule ; mais
mademoiselle de Touffedelys, qui, elle, aurait
cru qu'un bœuf pouvait voler, si on le lui avait
dit, et qui se serait même mise à la fenêtre
pour le voir, mademoiselle Sainte de Touffedelys, qui n'avait pas lu Shakespeare et qui
n'avait compris que le mot de *peur* dans tout
ce qu'avait dit l'abbé :

— Sainte Marie ! qu'y a-t-il ? fit-elle. Auriez-
vous vu en passant l'âme du Père Gardien des
Capucins rôder autour de la place ? Les chiens
de M. de Mesnilhouseau se lamentent ce soir
comme quand elle y est... ou quand le Marteau
Saint-Bernard *toque* ses trois coups à la porte
de la cellule de quelqu'une des Dames Bernardines, dans le couvent qui est à côté.

— Pourquoi dites-vous cela à l'abbé, ma
sœur ? dit Ursule de Touffedelys d'un ton d'aî-

née qui reprend sa cadette ; vous savez bien
que l'abbé, qui est allé en Angleterre, ne croit
pas aux revenants.

— Et pourtant, sur mon âme ! c'est un revenant que j'ai vu, dit l'abbé avec un sérieux
profond. Oui, mademoiselle, oui, ma sœur, oui,
Fierdrap ! oui, regardez-moi maintenant de tous
vos yeux, écarquillés à vous en donner la mi-
graine, c'est comme j'ai l'honneur de vous le
dire ; je viens de voir un revenant... inattendu,
effrayant, mais réel ! trop réel ! Je l'ai vu comme
je vous vois tous, comme je vois ce fauteuil et
cette lampe...

Et il toucha le pied de la lampe du bout de
sa canne, un cep de vigne, qu'il alla déposer
dans un coin.

— Tu aimes diablement la plaisanterie pour
que je te donne le plaisir de te croire, l'abbé ?
dit le baron de Fierdrap, quand l'abbé revint à
la cheminée et se planta, les mollets et le dos
au feu, devant le fauteuil qui lui tendait les bras.

— Était-ce vraiment le Père Gardien ?... reprit mademoiselle Sainte toute transie, car elle
cuisait de curiosité et se sentait pourtant le
froid d'un glaçon dans les épaules.

— Non ! répondit l'abbé, qui s'arrêta, l'œil
sur les feuilles du parquet ciré et miroitant,
comme s'arrête un homme qui médite ce qu'il
va dire, et qui hésite avant de le risquer.

Il resta debout, ajusté par les yeux des quatre
personnes assises, qui, du regard, aspiraient
presque ce qui n'était pas encore sorti de sa
bouche, excepté pourtant le baron de Fierdrap,
qui croyait, lui, à une mystification et qui clignait l'œil d'un air fin, comme s'il avait dit :
« Je te comprends, mon compère ! » Le salon
n'était éclairé que par le demi-jour d'une lampe,
recueillie sous son chapiteau. Pour mieux voir
et deviner l'abbé, une de ces dames leva le
chapiteau à l'ombre importune, et le salon fut
soudainement inondé de ce jour de lampe qui
a comme les tons gras de l'huile dans son or.

C'était un vieil appartement comme on n'en
voit guère plus, même en province, et d'ailleurs
tout à fait en harmonie avec le groupe qui,
pour le moment, s'y trouvait. Le nid était digne
des oiseaux. A eux tous, ces vieillards réunis
autour de cette cheminée formaient environ
trois siècles et demi, et il est probable que les
lambris qui les abritaient avaient vu naître
chacun d'eux.

Ces lambris en grisailles, encadrés et relevés
par des baguettes d'or noircies et, par place,
écaillées, n'avaient pour tout ornement de leur
fond monotone que des portraits de famille sur
lesquels la brume du temps avait passé. Dans
l'un de leurs panneaux on voyait deux femmes
en costume Louis XV, dont l'une, blonde et

pincée, tenait à la main une tulipe comme Ra-
chel, la dame de carreau, et dont l'autre, brune,
indolente, tigrée de mouches sur son rouge de
brune, avait une étoile au-dessus de la tête, ce
qui, avec le *faire* voluptueux du portrait, indi-
quait suffisamment la main de Nattier, qui
peignit aussi avec une étoile au-dessus de la
tête madame de Châteauroux et ses sœurs.
L'étoile signifiait le règne du moment de la
favorite. C'était l'étoile du berger royal. Le
bien-aimé Louis XV l'avait fait lever sur tant
de têtes, qu'il avait pu très-bien la faire luire
sur une Touffedelys. Dans le panneau opposé,
un portrait plus ancien, plus noir, d'une touche
énergique, mais inconnue, représentait l'amiral
de Tourville, beau comme une femme dégui-
sée, dans son magnifique et bizarre costume
d'amiral du temps de Louis XIV. Il était pa-
rent des Touffedelys. Des encoignures de laque
de Chine garnissaient les quatre angles du salon et supportaient quatre bustes d'argile,
recouverts d'un crêpe noir, soit pour les préserver de la poussière, soit en signe de deuil,
car ces bustes étaient ceux de Louis XVI, de
Marie-Antoinette, de madame Élisabeth et du
Dauphin. Des fauteuils, en vieille tapisserie de
Beauvais, traduisant les fables de La Fontaine,
en double ovale, sur un fond blanc, égayaient
de la variété de leurs couleurs et de leurs per-

sonnages cet appartement presque sombre avec
ses rideaux fanés de lampas et sa rosace, veuve
de son lustre. Aux deux côtés d'une cheminée
en marbre de Coutances cannelée et surmontée
d'un bouquet en relief, ces deux demoiselles de
Touffedelys, droites sous leurs écrans de gaze
peinte, auraient pu très-bien passer pour des
ornements sculptés de cette cheminée, si leurs
yeux n'avaient pas remué et si ce que venait
de dire l'abbé n'avait terriblement dérangé la
solennelle économie de leur figure et de leur
pose.

Toutes deux avaient été belles, mais l'anti-
quaire le plus habile à deviner le sens des mé-
dailles effacées n'aurait pu retrouver les lignes
de ces deux camées, rongés par le temps et par
le plus épouvantable des acides, une virginité
aigrie. La Révolution leur avait tout pris, famille, fortune, bonheur du foyer et ce poème
du cœur, l'amour dans le mariage, plus beau
que la gloire, disait madame de Staël, et enfin
la maternité! Elle ne leur avait laissé que leurs
têtes, mais blanchies et affaiblies par tous les
genres de douleur. Orphelines, quand elle
éclata, les deux Touffedelys n'avaient point
émigré. Elles étaient restées comme beaucoup
de nobles, dans le Cotentin. Imprudence qu'elles
auraient payée de leur vie, si Thermidor ne les
avait sauvées, en ouvrant les maisons d'arrêt.

Vêtues toujours des mêmes couleurs, se ressemblant beaucoup, de la même taille et de la
même voix, c'était comme une répétition
dans la nature que ces demoiselles de Touffedelys.

En les créant presque identiques, la vieille
radoteuse avait rabâché. C'étaient deux Mé-
nechmes femelles qui auraient pu faire dire
aux moqueurs : « Il y en a au moins une de
trop ! » Elles ne le trouvaient point, car elles
s'aimaient ; et elles se voulaient en tout si semblables, que mademoiselle Sainte avait refusé
un beau mariage, parce qu'il ne se présentait
pas de mari pour mademoiselle Ursule, sa sœur.
Ce soir-là, comme à l'ordinaire, ces routinières
de l'amitié avaient dans leur salon une de
leurs amies, noble comme elles, qui travaillait
à la plus extravagante tapisserie avec une telle
action, qu'elle semblait se ruer à ce travail,
suspendu tout à coup par l'arrivée de son frère,
l'abbé. Fée plus mâle, aux traits plus hardis, à
la voix plus forte, celle-ci tranchait par la
brusquerie *hommasse* de toute sa personne sur
la délicatesse et l'inertie de ces douces Con-
templatives, de ces deux vieilles chattes blanches
de la rêverie, sans idées, qui n'avaient jamais
été des Chattes Merveilleuses. Ces pauvres
vierges de Touffedelys avaient eu le suave éclat
de leur nom dans leur jeunesse ; mais elles

avaient vu fondre leur beauté au feu des souf-
frances, comme le cierge voit fondre sa cire
sur le pied d'argent du chandelier.

A la lettre, elles étaient fondues..., tandis
que leur amie, robustement et rébarbativement
laide, avait résisté. Solide de laideur, elle avait
reçu le soufflet, l'*alipan* du Temps, comme elle
disait, sur un bronze que rien ne pouvait entamer. Même la mise inouïe dans laquelle elle
encadrait sa laideur bizarre n'en augmentait
pas de beaucoup l'effet, tant l'effet en était
frappant ! Coiffée habituellement d'une espèce
de baril de soie, orange et violette, qui aurait
défié par sa forme la plus audacieuse fantaisie,
et qu'elle fabriquait de ses propres mains, cette
contemporaine de mesdemoiselles de Touffedelys ressemblait, avec son nez recourbé comme
un sabre oriental dans son fourreau grenu de
maroquin rouge, à la reine de Saba, interprétée
par un Callot chinois, surexcité par l'opium.
Elle avait réussi à diminuer la laideur de son
frère, et à faire passer le visage de l'abbé pour
un visage comme un autre, quoique, certes ! il
ne le fût pas ! Cette femme avait un grotesque
si supérieur, qu'on l'eût remarquée même en
Angleterre, ce pays des grotesques, où le spleen,
l'excentricité, la richesse et le gin travaillent
perpétuellement à faire un carnaval de figures,
auprès desquelles les masques du carnaval de

Venise ne seraient que du carton vulgairement
badigeonné.

Comme il est des couleurs d'un tel ruissel-
lement de lumière qu'elles éteignent toutes
celles que l'on place à côté, l'amie de mesdemoiselles de Touffedelys, pavoisée comme un
vaisseau barbaresque des plus éclatants chiffons, déterrés dans la garde-robe de sa grand'-
mère, éteignait, effaçait les physionomies les
plus originales par la sienne. Et cependant,
l'abbé et le baron de Fierdrap étaient, ainsi
qu'on va le voir, de ces individualités excep-
tionnelles qui entrent violemment dans la mémoire lorsqu'on les a rencontrées, et dont l'image
y est restée, comme une patte-fiche dans un
mur. Il n'y a qu'au versant d'un siècle, au tournant d'un temps dans un autre, qu'on trouve
de ces physionomies qui portent la trace d'une
époque finie dans les mœurs d'une époque nouvelle, et forment ainsi des originalités qui ressemblent à cet airain de Corinthe, fait avec des
métaux différents. Elles traversent rapidement
les points d'intersection de l'histoire, et il faut
se hâter de les peindre quand on les a vues,
parce que, plus tard, rien ne saurait donner une
idée de ces types, à jamais perdus!

Le baron de Fierdrap, placé entre les deux
demoiselles de Touffedelys, et plus particulièrement à côté de la sœur de l'abbé, qui, la tête

sur sa tapisserie, tirait la laine de chaque point
avec une furie effrayante pour l'observateur
rétrospectif, car elle avait dû, autrefois, faire
tout comme elle tirait sa laine ; le baron de
Fierdrap, Hylas de Fierdrap, était assis, les
jambes croisées, une main sous sa cuisse, comme
le grand lord Clive, et présentait au feu la se-
melle d'un pied, chaussé d'une guêtre de casi-
mir noir. C'était un homme d'une taille mé-
diocre, mais vigoureux et râblé comme un vieux
loup, dont il avait le poil, si l'on en jugeait
par la *brosse* hérissée, courte et fauve de sa
perruque. Son visage accentué s'arrêtait dans
un profil ferme : un vrai visage de Normand,
rusé et hardi. Jeune, il n'avait été ni beau ni
laid. Comme on dit assez drôlement en Normandie pour désigner un homme qu'on ne re-
marque ni pour ses défauts naturels, ni pour
ses avantages : « Il allait à la messe avec les
autres. » Il exprimait bien le modèle sans
alliage de ces anciens hobereaux, que rien ne
pouvait ni apprivoiser ni décrasser, et qui, sans
la Révolution, laquelle roula cette race de granit d'un bout de l'Europe à l'autre bout sans
la polir, seraient restés dans les fondrières de
leur province, ne pensant même pas à aller au
moins une fois à Versailles, et, après être montés
dans les voitures du roi, à reprendre le coche
et à revenir. Chasseur comme tous les gentils-

hommes terriens, chasseur enragé, quel que fût
le poil de la bête ou la plume, il avait fallu
cette fin du monde de la Révolution pour arracher Hylas de Fierdrap à ses bois et à ses marais. Gentilhomme avant tout, dès que les premières quenouilles eurent circulé dans le pays,
il offrit à l'armée de Condé un volontaire qui
savait porter gaillardement, pendant trente
lieues de route, un fusil à deux coups sur la
carrure de son épaule, et qui, des balles de son
double canon, eût aussi bien coupé le bec à une
bécassine qu'abattu un sanglier, en le frappant
entre les deux yeux. Lorsque l'armée de Condé
avait été licenciée et qu'il n'y eut plus rien
dans la poire à poudre de ce dernier des *Chasseurs du Roi,* le baron de Fierdrap était passé
en Angleterre, cette terre de l'excentricité, et
c'est là qu'il avait contracté, disait-on, ces manières d'être, qui le firent regarder, sur ses
vieux jours, comme un original par ceux qui
l'avaient connu *ressemblant à tout le monde*
dans sa jeunesse.

Le fait est que comme le chat du bonhomme
Misère (autre dicton normand), il ne ressemblait plus à personne. Ayant perdu tout, ou à
peu près, de sa fortune patrimoniale, il vivait
comme il pouvait de quelques bribes et de la
maigre pension qu'octroya la Restauration aux
pauvres chevaliers de Saint-Louis, qui avaient

suivi héroïquement la maison de Bourbon à
l'étranger et partagé sa triste fortune. Il avait
moins souffert que bien d'autres de cette vie
dénuée. Ses besoins n'étaient pas nombreux.
Il avait une santé de fer, que l'exercice et le
grand air avaient rendue d'une solidité qui paraissait indestructible. Il habitait une petite
maison, aux écarts du bourg voisin de Saint-
Sauveur-le-Vicomte, sans domestique qu'une
vieille femme qui allait parfois balayer son
logis, et on ne dira pas « faire son lit, » car il
n'en avait pas, et il couchait dans un hamac
qu'il avait rapporté d'Angleterre. Sobre comme
un anachorète et presque ichthyophage, il se
nourrissait de sa pêche, étant devenu sur le
tard de ses jours un pêcheur aussi infatigable
qu'il avait été un indomptable chasseur dans
la première moitié de sa vie. Toutes les rivières du pays le connaissaient et le voyaient
incessamment sur leurs bords à dix lieues à la
ronde, un paquet de longues lignes sur son
épaule et à la main un vase de fer blanc,
d'une forme allongée comme la boîte au lait
des laitières, et dans lequel il mettait sous
une couche de terreau les vers de jardin qu'il
accrochait à ses hameçons. Il pêchait aussi à
la *mouche*, cette chasse écossaise, cette chasse
en marchant dont il avait pris l'habitude en
Écosse, et qui émerveillait les paysans du

Cotentin, à qui cette pêche était, avant lui,
inconnue, quand ils le voyaient courir sur la
rive, en remontant ou en descendant les rivières, et figurer le vol de la mouche, en
maintenant toujours son hameçon à quelques
pouces du fil de l'eau, avec un aplomb de
main et de pied qui tenait vraiment du pro-
dige !

Ce soir-là, comme presque tous les soirs,
lorsqu'il se trouvait à Valognes et que ses
pêches errantes ne l'entraînaient pas, il allait
passer la soirée chez ces demoiselles de Touffedelys. Il y apportait sa boîte à thé et sa
théière, et il y faisait son thé devant elles, ces
pauvres primitives, à qui l'émigration n'avait
pas donné de ces goûts étonnants, comme
« l'amour de ces petites feuilles roulées dans
de l'eau chaude » qui ne valaient pas, disaient-
elles d'une bouche pleine de sagesse, « *la
liqueur verte* de la Chartreuse contre les indi-
gestions. » Infatigables dans leur étonnement,
elles retrouvaient à point nommé l'attention
animale des êtres qui ne sont pas éducables,
en regardant chaque soir de leurs deux yeux
faïencés, grand-ouverts comme des œils-de-
bœuf, cet *original* de Fierdrap procédant à
son infusion accoutumée, comme s'il s'était
livré à quelque effrayante alchimie ! L'abbé,
cet abbé qui venait d'entrer comme un événe-

ment et dont ces dames épiaient la parole,
trop lente à tomber de ses lèvres, comme s'il
eût voulu exaspérer leur curiosité excitée,
l'abbé seul osait toucher au breuvage *hérétique*
du baron de Fierdrap. Lui aussi, comme l'avait
dit mademoiselle Ursule de Touffedelys, était
allé en Angleterre. Pour ces sédentaires de
petite ville, pour ces culs-de-jatte de la destinée, c'eût été comme d'aller à la Mecque, si de
la Mecque elles avaient jamais entendu parler!... ce qui était plus que douteux. L'abbé,
du reste, n'avait pour personne l'originalité
caricaturesque de M. de Fierdrap, lequel était
un personnage digne du pinceau d'Hogarth,
par le physique et par le costume. Le grand
air, qui, comme on l'a dit, avait rendu le baron
de Fierdrap invulnérable jusque dans le fin
fond de sa charpente et de sa moelle, avait
seulement teinté le marbre qu'il avait durci,
et, pour toute victoire et trace de son passage
sur ce quartz impénétrable de chair et de peau
qui n'avait jamais eu ni un rhume ni un rhu-
matisme, avait laissé, comme une moquerie et
une revanche pleine de gaieté, trois superbes
engelures qui s'épanouissaient du nez aux
deux joues du baron, comme le trèfle d'une
belle giroflée en fleurs! Était-ce averti par
cette chiquenaude taquine du grand air qu'il
bravait tous les jours, soit dans les brouillards

de la Douve, soit sous les ponts de Carentan, et partout où il y avait des dards et des tanches à récolter, que M. de Fierdrap portait sept habits, les uns sur les autres, et qu'il appelait ses *sept coquilles*, personne n'étant tenté de justifier ce nombre sacramentel et mystérieux?... Mais toujours est-il que, même dans le salon de mesdemoiselles de Touffede-lys, il gardait son spencer de reps gris, doublé de peaux de taupe par-dessus son habit couleur de tabac d'Espagne, à la boutonnière duquel pendait, sous sa croix de Saint-Louis, un petit manchon de velours noir, sans fourrure, dans lequel il aimait, en parlant, à plonger les mains, qu'il avait *gourdes*, comme Michel Montaigne.

L'ami et le compagnon d'émigration du baron de Fierdrap, et que celui-ci regardait alors comme Morellet aurait regardé Voltaire, s'il l'eût tenu chez le baron d'Holbach dans une petite soirée intime, cet abbé, qui complétait les trois siècles et demi, rassemblés dans ce coin, était bien un homme de la même race que le baron, mais il était bien évident qu'il le dominait, comme M. de Fierdrap dominait ces demoiselles de Touffedelys et la sœur de l'abbé elle-même. De ce cercle, l'abbé était l'aigle, et d'ailleurs, dans tous les mondes, il en eût été un, quand même le cercle, au lieu

de ce vieux héron de Fierdrap, de ces oies
candides des Touffedelys, et de cette espèce
de cacatoës huppé qui travaillait à sa tapisserie, aurait été composé, en fait de femmes
charmantes et d'hommes rares, de flammants
roses et d'oiseaux de paradis. L'abbé était une
de ces belles inutilités, comme Dieu, qui joue
le Roi s'amuse dans des proportions infinies, se
plaît à en créer pour lui seul. C'était un de
ces hommes qui passent, semant le rire, l'iro-
nie, la pensée, dans une société qu'ils sont
faits pour subjuguer, et qui croit les avoir
compris et leur avoir payé leurs gages, en
disant d'eux : « L'abbé un tel, monsieur un
tel, vous en souvenez-vous ? était un homme
d'un diable d'esprit. » A côté de ceux dont on
parle ainsi, cependant, il y a des illustrations
et des gloires, achetées avec la moitié de leurs
facultés ! Mais eux ! l'oubli doit les dévorer, et
l'obscurité de leur mort parachève l'obscurité
de leur vie, si Dieu (toujours *le Roi s'amuse !*)
ne jetait parfois un enfant entre leurs genoux,
une tête aux cheveux bouclés, sur laquelle ils
posent un instant la main, et qui, devenue
plus tard Goldsmith ou Fielding, se souviendra d'eux dans quelque roman de génie, et
paraîtra créer ce qu'elle aura simplement copié,
en se ressouvenant.

Cet abbé, qu'on ne nommerait pas si, à cette

heure, sa famille, dont il était le dernier rejeton, n'était éteinte, du moins en France[1],
portait le nom de ces Percy normands, dont la
branche cadette a donné à l'Angleterre ses
Northumberland et cet Hostpur (auquel il
venait de faire allusion), l'Ajax des chroniques
de Shakespeare. Quoiqu'il n'eût rien dans sa
personne qui rappelât son héroïque et romanesque parentage, quoiqu'on sentît surtout en
lui les amollissantes influences et les égoïstes
raffinements de la société du dix-huitième
siècle, dans laquelle, jeune, il avait vécu,
cependant l'empreinte ineffaçable d'un commandement, exercé par tant de générations, se
reconnaissait par la manière dont l'abbé de
Percy portait sa tête, plus irrégulière que celle
de M. de Fierdrap, mais d'une toute autre
physionomie. L'abbé, moins laid que sa sœur,
laide comme le péché, quand il est scandaleux,
était laid, lui, comme le péché quand il est
plaisant. Le croira-t-on ? cet abbé recouvrait le
plus drôle d'esprit de manières presque majes-
tueuses. C'était là le signe par lequel il étonnait et charmait toujours. La gaieté qui a de
la grâce a rarement de la dignité et elle
semble l'exclure. Mais, chez l'abbé de Percy,

[1] L'auteur s'était trompé. Le dernier descendant mâle
de ces nobles Percy vit encore dans le département du Nord.
(Note de l'Auteur.)

4

cette gaieté à la Beaumarchais, cette gaieté
d'oncle commendataire d'Almaviva, qui aurait
battu ce polisson de Figaro dans l'intrigue et
dans la repartie, cette verve inouïe partant
d'un fond de grand seigneur, qui ne cessait
pas un seul instant de rayonner dans sa personne, causait un plaisir d'autant plus vif par
le contraste et faisait de lui une de ces raretés
qu'on ne rencontre pas deux fois. Hélas ! au
point de vue des ambitions positives de la
vie, cet esprit ravissant ne lui avait servi à
rien. Au contraire, il lui avait nui, comme son
blason.

Victime de la Révolution, autant que son
ami M. de Fierdrap; victime d'une thèse
grecque en Sorbonne, qu'il avait mieux soute-
nue que son autre ami, M. d'Hermopolis,
lequel s'en était souvenu quand il avait été
ministre (les haines de clerc à clerc sont les
bonnes); victime enfin de son esprit trop
animé et trop charmant pour être assez sacer-
dotal, l'abbé de Percy avait manqué sa fortune
ecclésiastique et toutes ses fortunes, et n'avait
pu, malgré le crédit de son cousin, le duc de
Northumberland, qui représentait l'Angleterre
au sacre du roi Charles X, parvenir à autre
chose, pour les jours de sa vieillesse, qu'à un
simple canonicat de Saint-Denis, de second
degré, avec dispense de résider au Chapitre.

Au déclin de l'âge, la Normandie lui était repassée dans le souvenir, parée du charme des jours évanouis ; et lui, qui s'était mêlé aux plus hautes sociétés de France et d'Angleterre et qui avait joué sa partie d'homme d'esprit avec les plus grands et les plus brillants esprits qui eussent joûté en Europe depuis quarante ans, il était revenu vivre parmi les bonnes judiciaires du Cotentin, claquemuré dans une petite maison, ornée avec goût et qu'il appelait son *hermitage*. Il n'en sortait que pour aller passer des huitaines chez tous les châtelains des alentours.

C'était un grand dîneur. Mais sa naissance, son formidable esprit, ses manières, excluaient toute idée de parasitisme dans ce modeste piéton qu'on rencontrait, comme le baron de Fierdrap, non pas au bord de toutes les rivières, mais sur toutes les routes, allant faire quelque pèlerinage à la Notre-Dame de la cuisine des châteaux les plus renommés par leur hospitalité et par leur bonne chère.

Ces dîners, qu'il avait toujours aimés, avaient foncé la teinte d'écrevisse cuite de son visage, et justifiaient ce qu'il disait de cette éclatante couleur rouge, allumée par le Porto de l'émigration et le Bourgogne de la patrie retrouvée : « Il est probable que voilà la seule pourpre que j'aurai jamais à porter ! »

Le front, le nez, qu'il avait busqué et immense, un nez de grande maison, les joues, le menton, tout était de cette magnifique teinte *cardinalice,* qui ne contrastait dans ce visage, fiévreusement taillé à l'ébauchoir, mais saisissant d'expression, qu'avec le bleu des yeux, un bleu fantastique, perlé, scintillant, acéré ; un bleu qu'on n'avait vu étinceler nulle part, sous les sourcils de personne, et auquel un peintre de génie, qui ne l'aurait pas vu, croirait seul !

Les yeux de l'abbé de Percy n'étaient pas des yeux : c'étaient deux petits trous ronds, sans sourcils, sans paupière, et la prunelle de ce bleu, impatientant à regarder (tant il était vif !), était si disproportionnée et si large, que ce n'était pas l'orbe de la prunelle qui tournait sur le blanc de l'œil, mais la lumière qui faisait une perpétuelle et rapide rotation sur les facettes de saphir de ces yeux de lynx... Les verra-t-on d'ici, ces yeux-là ?... Mais quand on les avait vus en réalité, on ne pouvait plus les oublier. Ce soir-là ils pétillaient, semblait-il, encore plus qu'à l'ordinaire, en regardant les curieuses que l'abbé, toujours debout, affolait par l'affectation de son silence. Au lieu de répondre aux questions haletantes de mesdemoiselles de Touffedelys, il passait, selon son usage, sa langue de gourmet sur ses lèvres

épaisses et juteuses, comme s'il y avait cherché
des saveurs perdues. Il venait de dîner en ville
et il avait sa tenue solennelle et officielle de
tous les soirs. Il portait un habit noir carré,
une cravate blanche, sans rabat, ni manteau,
ni calotte. Ses longs cheveux, fins et blancs
comme le duvet d'un cygne, roulés et gonflés
avec une coquetterie qui rappelait celle de
Talleyrand, — de Talleyrand que, par parenthèse, il abhorrait moins pour toutes ses autres
apostasies que pour avoir signé la *Constitution
civile du clergé,* — ses cheveux poudrés et flo-
conneux tombaient richement sur le col de son
habit noir et poudraient, à leur tour, de leur
iris parfumé, le large ruban violet, liseré de
blanc, qui suspendait à son cou sa grande croix
émaillée de Chanoine Royal. Campé solide-
ment sur ses jambes en bas de soie, assez bien
tournées, mais de deux galbes différents, et
dont il appelait l'une *Apollon* et l'autre *Hercule* avec une fidélité à la mythologie qui avait
été l'une des religions de sa jeunesse, il aspirait longuement sa prise de tabac.

— Eh bien, l'abbé, as-tu juré de faire damner
ces dames? lui dit le baron, qui s'attendait à
une plaisanterie, et nous diras-tu enfin quel
revenant tu as vu, en passant tout à l'heure sur
la place?

— Ris tant que tu voudras, Fierdrap, reprit

l'abbé imperturbable, mais ceci est sérieux. Le revenant que j'ai vu était de chair et d'os... comme toi et moi, mais il n'en était que plus épouvantable !... C'était... le chevalier Des Touches !...

II

Hélène et Páris.

 E chevalier Des Touches! s'écrièrent les deux demoiselles de Touffedelys avec un accord si parfait d'intonation qu'on aurait dit qu'elles n'avaient qu'une voix à elles deux.

Le chevalier Des Touches! fit M. de Fierdrap à son tour, en décroisant ses jambes, comme un homme surpris. Ma foi! si tu l'as vu, l'abbé, c'est un revenant vrai, celui-là! et qui n'a rien de commun avec nous, qui ne sommes que des émigrés revenus...

— Sans revenus! interrompit gaiement l'abbé, jouant sur le mot.

— Seulement, tu vas me forcer, continua le baron, à partager les idées de mademoiselle Sainte sur les fantômes, car ce Des Touches, le chevalier Des Touches de Langotière, qu'à Londres, après son enlèvement par les *Douze,* nous appelions en plaisantant la *Belle Hélène,* est mort parfaitement, quelques années plus tard, des suites d'un coup d'épée dans le foie, à Édimbourg.

— Je le croyais comme toi, Fierdrap ! mais il faut décompter ! répondit l'abbé de Percy, qui regardait circulairement ces trois dames, figées par ce nom de Des Touches, l'un des héros de leur jeunesse ; oui, je croyais qu'il était mort... Eh ! qui ne l'aurait cru depuis tant d'années que le silence avait succédé au bruit de son enlèvement et de son duel ? Mais, que veux-tu ? je n'ai pas la berlue, et je viens de le voir sur la place des Capucins, et même de l'entendre, car il m'a parlé !

— Pourquoi donc, en ce cas, ne l'as-tu pas amené avec toi, l'abbé ? dit en riant l'incorrigible baron de Fierdrap, qui s'obstinait à penser que son ami Percy jouait la comédie pour épouvanter mademoiselle Sainte. Nous lui aurions offert une tasse de thé, comme à un ancien compagnon d'infortune, et nous nous serions régalés de son histoire, qui doit être curieuse, si c'est l'histoire d'un ressuscité ?

— Curieuse et triste, à en juger par ce que j'ai vu, dit l'abbé, qui ne se laissait pas entamer par le ton narquois de son ami, le baron, mais en attendant qu'il te la raconte lui-même, fais-moi donc, mon cher, le plaisir d'écouter la mienne !

Mesdemoiselles de Touffedelys étaient plus que jamais suspendues aux lèvres de l'abbé, et mademoiselle de Percy avait laissé tomber sa tapisserie sur ses genoux et continuait de fixer son frère avec une attention concentrée.

— J'ai dîné aujourd'hui, dit l'abbé toujours debout, chez notre vieil ami de Vaucelles avec Sortôville et le chevalier du Rifus, lesquels, après le dîner, se sont campés, selon leur usage des vendredis, à leur whist de fondation, et même ont voulu me garder, moitié pour épargner à du Rifus l'ennui de faire le *mort,* qu'il fait très-mal avec ses distractions perpétuelles, et moitié pour moi, à cause de la pluie. Mais comme mon bougran ne craint pas plus l'eau que les plumes d'une sarcelle, ils ont chanté tout ce qu'ils ont voulu et je m'en suis allé malgré le temps, un temps à ne pas mettre un chien dehors, comme on dit. Or, de la rue de Poterie à la rue Siquet, je n'ai rencontré âme qui vive, si ce n'est pourtant le perruquier Chélus, ce maître ivrogne qui marchait en dessinant des tire-bouchons sous la pluie et qui m'a grasseyé, en passant, le bonsoir d'une voix barbouillée ; mais, au sortir de la rue Siquet et quand j'ai tourné le coin de la place, ramassé sous mon parapluie pour éviter le vent qui me fouettait l'averse au nez, j'ai tout à coup senti une main qui m'a saisi le bras avec violence, et

5

je t'assure, Fierdrap, que cette main-là avait
quelque chose de très-corporel, et j'ai vu à deux
pouces de ma figure et dans le rayon de ma
lanterne, car presque tous les réverbères de la
place étaient éteints, un visage..., est-ce croyable ?
sur mon âme, plus laid que le mien ! un visage
dévasté, barbu, blanchi, aux yeux étincelants et
hagards, lequel m'a crié d'une voix rauque et
amère : « *Je suis le chevalier Des Touches ;
n'est-ce pas que ce sont des ingrats ?* »

— Mère de douleur ! s'écria mademoiselle
Sainte, devenue blême. Êtes-vous bien sûr qu'il
était vivant ?...

— Sûr, répondit l'abbé, comme je suis sûr
que vous vivez, mademoiselle ! Voyez plutôt !
ajouta-t-il en relevant la manche de son habit,
j'ai encore au poignet la marque de cette main
frénétique et brûlante, qui m'a lâché après
m'avoir étreint ! Oui, c'était notre *belle Hélène*,
Fierdrap ! mais dans quel état de changement,
de vieillesse, de démence ! C'était le chevalier
Des Touches, comme il le disait. Je l'ai bien
reconnu à travers les haillons du temps et de
la misère ! J'allais lui parler, l'interroger...
quand, d'un souffle, il a éteint la lanterne à la
lueur de laquelle je le regardais, saisi d'un
étonnement douloureux, et il a comme fondu
dans la pluie, la rafale et l'obscurité !

— Et alors ?... dit M. de Fierdrap, devenu pensif.

— Mais cela a été tout! fit l'abbé; — et il
s'assit dans le fauteuil qui lui tendait les bras.
— Je n'ai plus rien vu, rien entendu, et je m'en
suis venu jusqu'ici dans une espèce d'horreur
de cette apparition étrange. Je ne me rappelle
pas avoir éprouvé rien de pareil depuis le jour
où, en Sorbonne, je fis gageure d'aller tranquillement planter un clou, à minuit, sur la
tombe d'un de nos confrères, enterré de la
veille, et qu'en me relevant de cette tombe, où
je m'étais agenouillé pour mieux enfoncer mon
clou, je me sentis pris par ma soutane...

— Jésus! firent les deux Touffedelys par le
même procédé de voix et d'émotion jumelles.

— C'était toi qui l'avais clouée! dit le baron
de Fierdrap. Je connais l'histoire! Si ton revenant de ce soir ressemble à l'autre...

— Fierdrap, tu plaisantes trop maintenant!
dit le majestueux chanoine, avec un ton qui
rendit toute autre plaisanterie impossible.

— Ah! si tu le prends ainsi, l'abbé, je rede-
viens sérieux comme un chat qui boit du vinaigre... et du vinaigre versé par toi! Mais,
voyons, raisonnons, tâchons de voir clair, malgré
ta lanterne soufflée... Pourquoi Des Touches
serait-il à Valognes, par cette nuit, sous cette
apparence misérable?...

— Il doit être fou, dit froidement M. de Percy,
parlant sa pensée comme s'il avait été seul... Il

est certain qu'il m'a produit l'effet d'un insensé,
échappé de quelque hôpital... Il était affreux !

— *Ils* ont une manière, dit profondément
M. de Fierdrap, de récompenser les services,
qui pourrait bien faire devenir fous leurs serviteurs.

— Oui, dit l'abbé, suivant la pensée de son
ami ; nous sommes entre nous, et nous les
aimons assez pour pouvoir nous en plaindre. Ils
ressemblent aux Stuarts, et ils finiront comme
eux ! Ils en ont la légèreté de cœur et l'ingra-
titude. Quand le malheureux que je viens de
voir m'a parlé *d'ingrats,* il n'avait pas besoin de
les nommer. Je l'avais reconnu et je le com-
prenais !

Ici, il y eut un moment de silence. Ces demoiselles de Touffedelys ne soufflaient mot
d'émotion et de stupéfaction, ou peut-être
d'absence de pensée. Mais le royalisme de
mademoiselle de Percy, qui avait (disait-elle)
la religion de la royauté, jeta un cri, qui fut
comme une protestation contre les dures paroles
de l'abbé.

— Ah ! mon frère ! dit-elle avec un accent de
reproche.

— Royaliste *quand même !* héroïne *quand
même !* C'est bien vous, ma sœur ! dit l'abbé en
tournant sa tête blanche vers elle. Vous portez
donc toujours vos caleçons de velours rayé et

vos grosses bottes de gendarme, et vous montez toujours à califourchon votre pouliche pour le compte de la maison de Bourbon?...

Mademoiselle de Percy avait été une des amazones de la Chouannerie. Elle avait plus d'une fois, sous des vêtements d'homme, servi d'officier d'ordonnance ou de courrier aux diffé-rents chefs qui avaient insurgé le Maine et voulu armer le Cotentin. Espèce de chevalier d'Éon, mais qui n'avait rien d'apocryphe, elle avait, disait-on, fait le coup de feu du buisson avec une intrépidité qui eût été l'honneur d'un homme. Bien loin que sa beauté ou la délica-tesse de ses formes pût jamais révéler son sexe, sa laideur avait pu même quelquefois effrayer l'ennemi.

— Je ne suis plus qu'une vieille fille, inutile maintenant, dit-elle en répondant avec une mélancolie qui n'était pas sans grâce à la plai-santerie de son frère, et je n'ai pas même un pauvre petit bout de neveu dans les Pages à qui je puisse léguer la carabine de sa tante ; mais je mourrai comme j'ai vécu, fidèle à nos maîtres et ne pouvant rien entendre contre eux.

— Tu vaux mieux qu'eux et que nous, Percy ! dit l'abbé qui admirait ce dévouement, mais qui ne le partageait *plus*. Il appelait toujours sa sœur par son nom de Percy, comme si elle avait été un homme, et il y avait dans cette habitude

de langage un hommage de respect que méritait
cette vieille lionne de sœur !

L'éloge de l'abbé fut comme un boute-selle
pour l'amazone de la Chouannerie... L'agitation
n'était jamais bien loin, d'ailleurs, de cette
nature sanguine, perpétuellement ivre d'activité
sans but, depuis que les guerres étaient finies.
Elle repoussa impétueusement sur le guéridon,
qui supportait la lampe, le canevas de cette
tapisserie dans laquelle elle clouait les impa-
tiences de son âme, depuis qu'elle ne clouait
plus les hérons et les butors, tués par elle à la
chasse, sur la grande porte des manoirs ; et se
levant bruyamment de sa bergère, elle se mit à
marcher dans le salon, malgré ses gouttes, l'œil
enflammé et les mains derrière le dos, comme
un homme :

— Le chevalier Des Touches à Valognes !
dit-elle comme se parlant à elle-même, bien
plus qu'à ceux qui étaient là. Et, par la Mort-
Dieu ! pourquoi pas ? ajouta-t-elle, car elle avait
rapporté des vieilles guerres, au clair de lune, des
jurons et des mots énergiques qu'elle ne disait
pas d'ordinaire, mais qui revenaient à ses lèvres
quand quelque passion la reprenait, comme des
oiseaux sauvages et effrontés reviennent à quelque ancien perchoir abandonné depuis longtemps. Après tout, ce n'est pas impossible ! Un
homme qui a fait la guerre des Chouans et qui

n'y est pas resté, a la vie dure. Au lieu de débarquer à Granville, il aura pris terre à Portbail ou au havre de Carteret, et il aura passé par Valognes pour retourner dans son pays; car il est, je crois, du côté d'Avranches. Mais, mon frère, continua-t-elle, en s'arrêtant devant lui, comme si elle avait été encore dans ces grosses bottes dont il venait de lui parler et qu'elle eût eu sur la tête, au lieu de son baril de soie orange et violet, le tricorne qu'elle avait porté dans sa jeunesse sur ses cheveux en catogan; mais, mon frère, si vous êtes sûr que ce fût lui, le chevalier Des Touches, pourquoi l'avoir laissé vous quitter si vite et ne l'avoir pas contraint, du moins, à vous parler?

— Suivi! parlé! répondit gaiement l'abbé au ton sérieux et passionné de mademoiselle de Percy; mais on ne suit pas un coup de vent quand il passe, et on ne parle pas à un homme qui, comme un farfadet, pst! pst! est déjà bien loin quand on commence à le reconnaître, et tout cela par le temps qu'il fait, mademoiselle ma sœur!

— Öh! vous avez toujours été un peu damoiseau, l'abbé! reprit ce singulier gendarme en cottes bouffantes, qui n'avait, *lui,* jamais été une demoiselle. Moi, j'aurais suivi le chevalier. Pauvre chevalier! continua-t-elle en marchant toujours. Il ne se doute guère que vous autres,

les Touffedelys, vous n'avez plus votre château
de Touffedelys, notre ancien quartier général, et
que vous êtes devenues des dames de Valognes,
chez qui *un* de ses sauveurs est maintenant ré-
duit à venir faire de la tapisserie tous les soirs !

— Que dites-vous donc là, mademoiselle de
Percy ?... fit le baron de Fierdrap, retirant son
nez littéralement enseveli au fond de la boîte
de ferblanc, dans laquelle il enfermait son *Tea-
Pocket,* comme il l'appelait ; et il le tourna, ce
nez frémissant et curieux, vers mademoiselle de
Percy, qui marchait toujours d'une encoignure
à l'autre du salon, avec le va-et-vient de quelque formidable pendule en vibration !

— Ah ! bien oui ! tu ne sais pas cela, toi,
Fierdrap ! reprit l'abbé ; mais, ma sœur, que tu
vois là, dans la splendeur de tous ses falbalas,
est un des sauveurs de Des Touches, ni plus
ni moins, mon cher ! Elle a fait partie, pendant
que nous chassions le renard en Angleterre, de
la fameuse expédition des *Douze,* qui nous parut
si incroyablement héroïque, quand Sainte-Suzanne nous la raconta un soir chez mon cousin,
le duc de Northumberland. Te le rappelles-tu ?
Sainte-Suzanne ne nous dit pas que ma sœur
fût un de ces braves. Il ne le savait pas, et je
ne l'ai su, moi, que depuis mon retour de l'émigration. Elle avait si bien caché son sexe, ou
ces messieurs furent si discrets, qu'elle fut prise

pour un de ces gentilshommes qui ne se connaissaient pas tous les uns les autres, mais qui
s'appelaient également tous, les uns pour les
autres, « Cocarde blanche! » Aurais-tu jamais
cru que l'un des *Pâris* de notre *belle Hélène*
fût... ma sœur?...

— Vraiment! dit M. de Fierdrap, qui ne prit
pas garde au geste comique et théâtral de
l'abbé de Percy, en disant ces dernières paroles.
Les yeux gris-fauve du baron se mirent à jeter
des étincelles comme la pierre à fusil, dont ils
avaient la nuance, quand elle tombe dans le
bassinet. Vraiment! répéta-t-il, mademoiselle!
vous faisiez partie de la fameuse expédition des
Douze? Alors permettez-moi de baiser votre
vaillante main, car, sur ma parole de gentilhomme, voilà ce que je ne savais pas!

Et il se leva, alla rejoindre au beau milieu du
salon mademoiselle de Percy, qu'il prit par la
main, une main un peu forte et si virginale que
la vieillesse ne l'avait pas blanchie, et il la lui
baisa avec un sentiment si chevaleresque qu'il
en aurait été tout idéalisé aux yeux d'un poète,
cet antique pêcheur à la ligne, avec sa mise
hétéroclite et son nez jaspé!

Elle la lui avait donnée comme une reine
et quand il eut fait retentir son hommage, un
hommage militaire, car le baiser du vieil en-
thousiaste fit presque le bruit d'un coup de

6

pistolet, ils s'adressèrent mutuellement une de
ces solennelles révérences comme la tradition
nous rapporte qu'on en faisait une, avant de
danser le menuet.

— Ma sœur de Percy, dit l'abbé, puisque
l'apparition de Des Touches, dont nous aurons
sans doute des nouvelles demain, nous fait ti-
sonner dans son histoire, au coin du feu, ici, ce
soir, pourquoi ne la raconteriez-vous pas à
Fierdrap, qui ne l'a jamais sue que de *bric et
de broc,* comme nous disons en Normandie, par
la très-bonne raison qu'il ne l'a jamais entendue
que dans les versions infidèles et changeantes
de l'émigration ?

— Je le veux bien, mon frère, dit mademoiselle de Percy, qui rougit de plaisir à la demande de l'abbé, si cela pouvait s'appeler rougir
que de passer de la nuance qu'elle avait à une
nuance plus foncée; mais il est neuf heures
sonnées à la pendule et mademoiselle Aimée va
bientôt venir : c'est son heure. Or, voilà l'embarras ; comment raconter devant elle l'enlèvement de Des Touches où périt son fiancé d'une
manière si étrange et si fatale ? Elle a beau être
sourde et préoccupée, la malheureuse fille ! il y
a des jours où le rideau tendu par la douleur
entre elle et le monde est moins épais et laisse
passer les bruits et la parole, et c'est peut-être
un de ces jours-là qu'aujourd'hui !

— Si l'air est très-fin, dit mademoiselle Ursule de Touffedelys, qui faisait la médecine des pauvres et qui avait des explications à elle pour expliquer une irrégularité organique à laquelle les médecins ne comprenaient rien, si l'air est très-fin, vous pouvez être bien tranquille, elle n'entendra pas une syllabe de tout ce que vous nous direz !

— Et il est très-fin, dit l'abbé, en passant ses mains le long de ses jambes, car je sens une vraie tempête de vents coulis sur mes bas de soie. Quand donc ferez-vous descendre votre paravent dans le salon, mesdemoiselles ?

— Eh bien, dit le baron de Fierdrap, suivant son idée, ne commençons que quand elle sera venue, afin de n'avoir pas à nous interrompre... Et, précisément, la pendule se mit à marquer le quart après neuf heures avec un bruit sec...

Cette pendule était un Bacchus d'or moulu, vêtu de sa peau de tigre, qui, debout, tenait sur son genou divin, ni plus ni moins qu'un simple tonnelier de la terre, un tonneau, dont le fond était le cadran où l'on voyait les heures, et dont le balancier figurait une grappe de raisin, picorée d'abeilles. Sur le soc enguirlandé de pampres et de lierres, à trois pas du dieu aux courts cheveux bouclés, il y avait un thyrse renversé, une amphore et une coupe... Drôle de pendule chez de vieilles filles, qui ne buvaient guère que du

lait et de l'eau et qui se souciaient moins que
l'abbé de mythologie !

Or, presque au même instant, la sonnette de
la porte répondit au *tac* de la pendule, en tintant
avec son bruit aigrelet au fond du corridor qui
conduisait à la rue :

— La voici ! Nous n'avons pas eu longtemps
à l'attendre, ajouta le baron.

Et celle qu'ils nommaient *mademoiselle Aimée,*
et qui allait décider de leur soirée, ouvrit la
porte sans qu'on l'annonçât, et entra.

III

Une jeune vieille au milieu de véritables
vieillards.

'EST vous, Aimée! crièrent du plus
haut de leurs gosiers les deux Touf-
fedelys, qui, dans leurs bergères ca-
pitonnées, ressemblaient à ces montres à répétition que l'on plaçait
autrefois sur un coussinet de soie piqué, aux
deux côtés de la glace de la cheminée, et qui
auraient sonné l'heure en même temps. Mon
Dieu! n'êtes-vous pas *traversée,* ma chère?...
reprirent-elles d'une seule haleine, toujours
confondant leurs sonneries, virant toutes deux
autour de mademoiselle Aimée, tenant leurs
écrans et remuées d'un esprit de maîtresse de
maison qui semblait, à leurs agitations, souffler en elles comme un Borée.

Du reste, tout le petit cercle s'était levé d'un
mouvement unanime, comme s'il eût cédé à la

pression du même ressort. C'était le ressort
fort et doux de la sympathie, un acier bien fin
qui ne s'était pas rouillé dans tous ces vieux
cœurs.

— Ne vous dérangez donc pas, fit une voix
fraîche du fond de la cape rabattue d'un mantelet, car la nouvelle arrivée était entrée dans
le salon, comme elle était venue, n'ayant
laissé dans le corridor que ses patins. Elle
répondait plus aux mouvements qu'aux paroles
de ses amies. Je ne suis pas mouillée, ajouta-
t-elle, je suis venue si vite et le couvent est si
près !

Et pour prouver ce qu'elle disait, elle pen-
cha, dans le jour ambré de la lampe, son
épaule, où quelques gouttes d'eau perlaient sur
la soie de son mantelet. Le mantelet était d'un
violet sombre, l'épaule était ronde, et les gouttes
d'eau tremblaient bien, à cette lueur de lampe,
sur cette rondeur soyeuse. On eût dit une
grosse touffe de scabieuses où fussent tombés
les pleurs du soir.

— Ce n'est que les gouttes du larmier, fit
judicieusement la grande observatrice, mademoiselle Sainte.

— Aimée, vous êtes une imprudente, ma
Délicate-et-Blonde, se mit à rugir mademoiselle
de Percy, jouant de sa basse-taille aux oreilles
de mademoiselle Aimée (c'était un essai ; l'en-

tendrait-elle ?). La sœur de l'abbé tenait beaucoup à raconter son histoire au baron de
Fierdrap, et elle la croyait compromise... Vous
vous êtes exposée, continua-t-elle, à vous
rendre malade ; car, en venant, si vous n'avez
pas eu la pluie, vous avez eu le vent, mon
amour !

Mais, pour toute réponse à cette tonnante
observation, machiavéliquement bienveillante,
la *Délicate-et-Blonde* avait détaché l'améthyste
qui agrafait son mantelet autour de son cou,
et, des plis de ce *dessus* reployé, sortit une
grande personne, blonde, il est vrai, mais plus
forte que délicate. Quand elle se retourna,
après avoir jeté languissamment son mantelet
au dos d'une chaise, et qu'elle vit mademoiselle
de Percy, rouge, comme un homard dans son
court bouillon, et qui, de sa main faisait un
cornet :

— Pardon, dit-elle, mademoiselle, car je
crois que vous me parliez ; mais ce soir, je
suis...

Dans sa touchante pudeur d'infirme, elle n'osa
pas dire le mot qui exprimait son infirmité.
Mais, montrant, d'un geste triste, son oreille et
son front :

— *Madame est dans sa tour,* au plus haut de
sa tour, dit-elle en souriant, et je crains bien
que, ce soir, elle n'en puisse descendre !

Mot poétique et enfantin qu'elle avait trouvé
et qu'elle répétait les jours où sa surdité était
complète. Elle avait une manière de les prononcer, qui faisait de ces mots : — *Madame
est dans sa tour,* tout un poème de mélancolie !

— Ce qui veut dire qu'elle est sourde comme
un pot, risqua l'abbé d'un ton sarcastique et
cynique. Tu auras ton histoire, Fierdrap ! et
ma sœur ne sera pas obligée d'avaler sa langue
comme les sauvages... ce qui doit être un rude
supplice, même pour les héroïnes de votre
force, mademoiselle de Percy !

Pendant qu'il parlait, la cadette des Touffedelys avait pris, par ses coudes nus au-dessus
de ses longues mitaines, mademoiselle Aimée,
et l'avait doucement poussée dans sa bergère,
tandis que mademoiselle Ursule, approchant
un carreau, avait posé aimablement dessus les
pieds de cette fille qui semblait si bien porter
ce nom d'Aimée qu'ils lui donnaient tous, sans
y ajouter d'autre nom.

— Mais vous voulez donc que je m'en
retourne, mes trop aimables ?... fit celle-ci en
prenant sur ses pieds les mains de mademoiselle Ursule et en les gardant dans les siennes.

— Vous voilà tous debout ! Vous voilà tous
en l'air parce que j'arrive ! Est-ce là me traiter
en voisine et en amie !..... Sont-ce là nos con-
ventions ? Vous m'avez autorisée à venir sans

cérémonie, en douillette et en pantoufles, tra-
vailler près de vous chaque soir, car voici le
mois où je ne puis rester chez moi toute seule,
quand la nuit est tombée...

Elle dit cela comme si l'on avait su ce qu'elle
voulait dire ; et, de fait, les deux Touffedelys
s'inclinèrent d'adhésion, comme ces magots
chinois qui baissent la tête ou tirent la langue
quand on les met en branle en s'en approchant... Seulement, elles s'arrêtèrent au premier
de ces deux mouvements...

— Vraiment, je regretterai d'être venue,
continua-t-elle, si je vois que je vous dérange,
que j'interrompe ce que vous disiez... Avec une
fille d'aussi peu de ressource que moi dans la
causerie, il faut toujours, mes chères amies,
faire comme si je n'y étais pas.

Mais il semblait précisément que ce ne fût
pas si facile de faire ce qu'elle disait là d'une
voix légère et résignée ! Ni dans cette partie
indifférente du monde qui s'appelle le *grand*
ou le *beau monde,* ni dans le petit monde de
l'intimité, ni nulle part enfin dans la vie, cette
femme, cette sourde, cette Aimée, ne pouvait
passer inaperçue. Et bien loin qu'on pût faire
jamais, quand elle était là, *comme si elle n'y
était pas,* on sentait, tant elle était charmante !
que, même là où elle n'était plus, elle semblait
être encore et rester toujours !

7

Oui, elle était charmante, quoique, hélas !
aussi sans jeunesse ! Mais parmi tous ces vieillards plus ou moins chenus, sur ce fond de
chevelures blanchies, étagées autour d'elle, elle
ressortait bien et elle se détachait, comme une
étoile d'or pâli sur un glacis d'argent, qui en
aurait relevé l'or. De belle qu'elle avait été,
elle n'était plus que charmante, car elle avait
été d'une beauté célèbre dans sa province et
même à Paris, quand elle y venait avec son
oncle, le colonel Walter de Spens, vers 18...,
et quand elle accaparait, en se montrant au
bord d'une loge, toutes les lorgnettes d'une
salle de spectacle. Aimée Isabelle de Spens, de
l'illustre famille écossaise de ce nom, qui portait dans son écu le lion rampant du grand
Macduff, était le dernier rejeton de cette race
antique, venue en France sous Louis XI et
dont les divers membres s'étaient établis, les
uns en Guyenne et les autres en Normandie.
Sortie des anciens comtes de Fife, cette branche
de Spens qui, pour se distinguer des autres
branches, ajoutait à son nom et à ses armes le
nom et les armes de Lathallan, s'éteignait en
la personne de la comtesse Aimée-Isabelle,
qu'on appelait si simplement *mademoiselle
Aimée* dans le salon des Touffedelys, et devait
mourir sous les bandeaux blancs et noirs de la
virginité et du veuvage, ces doubles bandelettes

des grandes victimes! Aimée de Spens avait perdu son fiancé au moment où, devenue pauvre par le fait de la spoliation révolutionnaire, elle cousait elle-même sa modeste robe de noces de ses mains féodales ; et même on ajoutait tout bas qu'elle avait fait de cette robe inachevée et inutile le suaire de son malheureux fiancé... Depuis ce temps-là, et il y avait longtemps, le monde intime au sein duquel elle vivait l'appelait souvent la Vierge-Veuve, et ce nom exprimait bien, dans ses deux nuances, sa destinée. Comme il faut avoir vu les choses pour les peindre ressemblantes, le groupe de vieillards qui l'entourait et qui l'avait vue, en pleine jeunesse, donnera peut-être en parlant d'elle, dans cette histoire, une idée de sa beauté passée ; mais il paraît que cette beauté avait été surnaturelle.

Lorsque le vent de la poésie romantique soufflait dans la tête classique de l'abbé de Percy, qui était poète, mais qui tournait ses vers au *tour en l'air* de Jacques Delille, il disait, sans trop croire tomber dans le galimatias moderne :

> Ce fut longtemps l'Astre du jour ;
> Mais c'est l'Astre des nuits encore !

Et, quelle que fût la valeur métaphorique de ces deux vers, ils ne manquaient pas de justesse.

En effet, Aimée, la belle Aimée, était une
puissance métamorphosée, mais non détruite.
Tout ce qui avait été splendide en elle autrefois, tout ce qui foudroyait les yeux et les
cœurs, était devenu, à son déclin, doux, tou-
chant, désarmé, mais suavement invincible.
Sidérale d'éclat, sa beauté, en mûrissant, s'était
amortie. Comme les rayons de la lune, elle
s'était veloutée...

L'abbé disait d'elle encore ce joli mot à la
Fontenelle, pour exprimer le charme attachant
de sa personne : « Autrefois, elle faisait des
victimes; à présent elle ne fait plus que des
captifs. » Le foisonnant buisson de roses s'était
éclairci, les fleurs avaient pâli et se dépouil-
laient, mais en se dépouillant, le parfum de
tant de roses ne s'était pas évaporé. Elle était
donc toujours *Aimée*... L'outre-mer de ses
longs yeux de « fille des flots, » qui distinguait, comme un signe de race, cette descen-
dante des anciens *rois de la mer,* ainsi que les
chroniques désignent les Normands, nos ancêtres, n'avait plus, il est vrai, la radieuse
pureté de ce regard de Fée, ondé de bleu et
de vert, comme les pierres marines et comme
les étoiles, et où semblaient chanter, car les
couleurs *chantent* au regard, la Sérénité et
l'Espérance! Mais la profondeur d'un sentiment
blessé, qui teignait tout de noir dans l'âme

d'Aimée, y versait une ombre sublime. Le gris
et l'orangé, ces deux couleurs du soir, y des-
cendaient et y jetaient je ne sais quels voiles
comme il y en a sur les lacs de saphir de
l'Écosse, sa primitive patrie. Moins heureuse
que les montagnes qui ne connaissent pas leur
bonheur et qui retiennent longtemps à leurs
sommets les feux du soleil couchant et les
caresses de la lumière, les femmes, elles, s'éteignent par la cime. Des deux blonds différents
qui avaient, pendant tant d'années, joué et
lutté dans les ondes d'une chevelure, « du
poids de sa dot de comtesse, » disait orgueil-
leusement le père d'Aimée de Spens avant sa
ruine, le blond mat et morne l'emportait
maintenant sur le blond étincelant et joyeux
qui avait jadis poudré son front, si mollement
rosé, de l'or agaçant de ses paillettes ; et c'est
ainsi que, comme toujours, le feu, une fois de
plus, mourait sous la cendre ! Si mademoiselle
Aimée avait été brune, pas de doute que déjà,
sur ces nobles tempes qu'elle aimait à découvrir, quoique ce ne fût pas la mode alors
comme aujourd'hui, on eût pu voir germer ces
premières fleurs du cimetière, comme on dit
des premiers cheveux blancs que le Temps,
dans de cruels essais, nous attache au front
brin à brin, en attendant que le diadème mor-
tuaire qu'il tresse à nos têtes condamnées soit

achevé ! Mais mademoiselle Aimée était blonde.
Les cheveux blancs des blondes sont des cheveux bruns qui, peu à peu, viennent tacher,
comme de terre, leurs boucles brillantes, dédo-
rées. Ces terribles taches, Aimée les avait à la
racine de ses cheveux relevés, et l'âge de cette
jeune vieille n'était pas seulement écrit dans
ces sinistres meurtrissures...

Il l'était ailleurs. Il l'était partout. A la
clarté de la lampe qui frappait obliquement sa
joue, il était aisé d'apercevoir les ombres
mystérieuses et fatales qui ne tenaient pas au
jeu de la lumière, mais à la triste action de la
vie, et qui commençaient à tomber dans les
méplats de son visage, comme elles étaient
déjà tombées dans le bleu de mer de ses yeux.
La robe de soie gris de fer qu'elle portait et
les longues mitaines noires qui montaient
jusqu'à la saignée de son bras rond et vainement puissant, puisqu'il ne devait jamais
étreindre ni un pauvre enfant ni un homme,
ce bras dont la chair ressemblait de tissu, de
nuance et de fermeté à la fleur de la jacinthe
blanche, le bout de dentelle qu'elle avait jeté
pour sortir à la hâte par-dessus son peigne, et
qui, noué sous son menton, encadrait modes-
tement l'ovale de ses traits ; tous ces simples
détails, ajoutés au travail du temps, humani-
saient, faisaient redevenir visage de femme

cette céleste figure de Minerve, calme, sérieuse,
olympienne, placide, en harmonie avec ce sein
hardiment moulé, comme l'orbe d'une cuirasse
de guerrière, où brûlait chastement, depuis plus
de vingt ans, une pensée d'adoration perpétuelle ; et l'on sentait, en voyant ces premiers
envahissements de l'âge et ces traces de la
douleur que, si cette vierge, grandiose et
pudique, avait toujours été la Sagesse, elle
n'était pas pour cela déesse.

Elle n'était qu'une fille « montée en graine »,
disaient cyniquement les jeunes gentilshommes
de la contrée, qui ont tous perdu, au contact
des mœurs nouvelles, la galanterie chevaleresque de leurs pères ; mais aux yeux de qui
savait voir, cette vieille fille valait mieux à
son petit doigt sans anneau qu'à tout leur corps
dans leurs robes de noce, les plus jeunes
châtelaines de ce pays, dont les femmes ressemblent pourtant aux touffes de roses des
pommiers en fleurs ! Au physique, sa beauté
de soleil couché, estompée par le crépuscule
et par la souffrance, pouvait encore inspirer un
grand amour à une imagination réellement
poétique ; mais, au moral, qui aurait pu lutter
contre elle ? Qui, sur les âmes élevées, aurait
eu plus d'empire que cette Aimée de quarante
ans, la femme de son nom autrefois, car personne n'avait jamais inspiré plus de sentiments

ardents et tendres !... Richesse et conquêtes
inutiles ! Don de grâce ironique et cruel, qui
n'avait rien pu pour son bonheur, mais qui
avait fait de sa vie manquée quelque chose de
plus beau que la vie réussie des autres !

Le petit cercle qui venait de s'ouvrir pour
elle et qu'elle avait élargi, s'était refermé
autour de la cheminée. Mademoiselle Sainte de
Touffedelys avait pris place auprès de sa sœur.
La nouvelle arrivée, installée si aimablement
dans la bergère de mademoiselle Sainte, avait
tiré de son manchon la broderie commencée
chez elle, et de ses doigts effilés qui sortaient
de ses mitaines de soie comme des pistils
blancs d'une fleur noire, elle fit quelques points,
puis, relevant sa belle tête et leur jetant son
regard langoureux, à eux tous, qui se prépa-
raient à reprendre leur causerie interrompue :

— A la bonne heure, dit-elle de cette voix
dont la fraîcheur avait plus résisté que celle
de ses joues, — une voix de rose qu'il faudrait
donner au guide de l'aveugle pour le consoler
de n'y voir plus ; — à la bonne heure ! voilà
comme je vous aime maintenant, et comme
je vous veux. Causez entre vous et oubliez-moi.

Et elle repencha sa tête sur son ouvrage, et
elle se replongea dans sa préoccupation pro-
fonde, *ce puits de l'abîme* qui était en elle et
que gardait sa surdité !

— Et à présent, ma chère Percy, fit docto-
ralement mademoiselle Ursule, vous pouvez
dire tout ce qu'il vous plaira sans aucune
crainte. Quand sa surdité la reprend, elle
devient encore plus distraite que sourde, et,
c'est moi qui vous en réponds, elle n'entendra
pas un seul mot, fendu en quatre, de votre
histoire.

— Oui, dit l'abbé ; seulement, ma sœur,
vous ferez bien de vous arrêter, si votre fougue
vous le permet, quand elle lèvera la tête de
son ouvrage, car ces diables de sourds voient
le son sur les lèvres, et les mots leur arrivent
par les yeux.

— Lignes et hameçon ! dit le baron de Fierdrap étonné, que de précautions pour une histoire ! C'est donc quelque chose de bien terrible pour mademoiselle Aimée, ce que vous
allez raconter ! J'avais bien ouï dire autrefois
qu'elle avait perdu son fiancé dans la fameuse
expédition des Douze, et qu'elle n'avait jamais,
à cause de cela, voulu entendre parler de mariage, depuis ce temps-là, malgré les bons partis qui se présentèrent ; mais, bon Dieu ! où
donc en sommes-nous, si, au bout de vingt ans,
il faut prendre des ménagements pareils pour
raconter une vieille histoire devant une... devant une...

— Allons, achève ! devant une vieille fille !

8

interrompit l'abbé. Elle ne t'entend pas, et voilà
déjà le bénéfice de sa surdité qui commence !
Mais, mon pauvre Fierdrap, cette vieille fille,
comme tu dis, eût-elle l'âge des carpes que tu
pêches dans les étangs du Quesnoy, et elle est
encore loin de cet âge et du nôtre, cette vieille
fille, c'est mademoiselle Aimée de Spens, une
perle, vois-tu ? qui ne se trouve pas dans la vase
où tu prends tes anguilles, une espèce de femme
rare comme un dauphin, et à laquelle un vide-
rivière de cormoran, comme toi, n'est pas troussé
pour rien comprendre, pas plus qu'à ce terrible
coup de filet autour du cœur, qu'on appelle un
amour fidèle !

— Peuh ! fit le baron, sur lequel le mot de
l'abbé opéra comme un *clangor tubæ,* qui lui
sonnait la diane de sa manie, et qui lui fit en-
fourcher son dada ; j'ai pêché, il y a environ
dix ans, sous les ponts de Carentan, et à l'é-
poque de l'équinoxe de septembre, un poisson
de la grosseur d'un fort rouget, qui ressemblait
comme deux gouttes d'eau à un dauphin, s'il
faut en croire les peintures, les écussons et les
tapisseries où ce phénix des poissons est repré-
senté. Comment se trouvait-il dans la Douve ?
La mer l'avait-elle rejeté là comme elle y re-
jette quantité de saumons, à certaines saisons
et à certaines marées ? Mais le fait est que je
l'y trouvai pris à une de mes lignes dormantes,

au bout de laquelle il tressautait vigoureusement, comme s'il n'avait pas eu un croc dans
la tête, de la profondeur de deux doigts! De
ma vie ni de mes jours, je n'avais eu un pareil
poisson dans ma nasse; non, par Dieu et ses
apôtres, qui étaient pêcheurs! ni le père Le
Goupil, ni M. Caillot, ni M. d'Ingouville, ni
aucun des membres de notre *club des Pêcheurs
de la Douve,* non plus!

Je restai d'abord un peu ébahi quand je l'a-
perçus; mais bientôt je le couchai mollement
sur l'herbe, et je me mis à braquer sur lui mes
deux lanternes, — et il fit un geste en montrant
ses deux yeux qu'il cligna, — j'avais retenu de
mes livres de classe que le dauphin se teignait,
à l'heure de la mort, de toutes les nuances de
l'arc-en-ciel, et j'étais curieux de voir cela. Mais
c'est probablement une de ces bourdes comme
nous en ont faites si souvent messieurs les Anciens. As-tu jamais pu croire aux Anciens, toi,
l'abbé?... et à leur Pline?... et à leur Varron?...
et à leur pince-sans-rire de Tacite?... tous
drôles qui se moquent de nous à travers les
siècles, mais à qui du moins l'histoire de mon
poisson allongea un bon soufflet de plus; car,
mon cher, il mourut aussi bêtement qu'une
huître hors de son écaille... sans plus changer
de couleur que la première tanche ou le premier brochet venu! Et cependant quand j'allai,

de mon pied mignon, le porter au bonhomme
Lambert de Grenthéville, qui s'occupait alors
d'histoire naturelle, il me jura, malgré tout ce
que je pus lui dire de la plate mort de la bête,
et sur son honneur de savant, ce qui n'était pas
pour moi, du reste, chose aussi vénérable que
le reliquaire de Saint-Lo, oui, il me jura que
c'était bien là le dauphin dont les anciens nous
ont tant parlé! En fait de dauphin, voilà,
l'abbé, ce que j'ai jamais vu de ma vie, et tu as
diablement raison (*diablement* était l'adverbe
favori du baron de Fierdrap), si tu entends par
là quelque chose de rare. Quant aux amours
fidèles, c'est différent... et plus commun... quoiqu'il n'en pleuve pas non plus des potées ; et
qu'à ce filet-là comme aux autres, le temps ôte
chaque jour quelque maille, par où le poisson
le mieux pris ne manque jamais de décamper!

— Eh bien, sceptique, reprit l'abbé, sceptique
au cœur des femmes! en voici une qui souf-
flettera aussi tes observations et tes connais-
sances... comme si tu étais un Ancien! L'histoire de mademoiselle Aimée se mêle à l'histoire
de ma sœur comme une guirlande de cyprès
s'enlace à une branche de laurier. Écoute et
profite! et ne suspends pas plus longtemps un
récit que tu as demandé toi-même, et que tu
oublies à *parler poisson,* ô le plus incorrigible
des pêcheurs!

— Sur mon honneur, c'est la vérité ! j'ai là glissé comme une anguille, dit M. de Fierdrap ; et se tournant vers mademoiselle de Percy, littéralement à l'état d'outre, gonflée par l'histoire qu'elle était obligée de retenir, pendant que ces messieurs parlaient :

— Excusez-moi, ajouta-t-il, mademoiselle, quoique le plus coupable des deux soit votre frère, avec son dauphin qui m'a rappelé le mien...

— Oui, fit l'abbé toujours mythologique, comme Arion, un dauphin t'a emporté sur sa croupe et tu as bientôt gagné le large dans la haute mer des distractions...

— Mais je suis à présent tout oreilles pour vous écouter, mademoiselle, continua M. de Fierdrap à travers la plaisanterie de l'abbé, qui ne l'arrêta pas...

Mademoiselle de Percy, dont l'impatience ressemblait à une menace d'apoplexie, et qui débâtissait convulsivement les points qu'elle avait faits à son travail de tapisserie, repoussa son canevas dans sa corbeille ; et tenant ses ciseaux, les seules armes dont sa main d'héroïne fût maintenant armée, et dont elle tambourinait de temps en temps, sur le guéridon, contre lequel elle était accoudée, elle commença son récit :

Histoire militaire, digne d'un bien autre tambour !

IV

Histoire des Douze.

ENDANT que vous pêchiez des truites en Écosse, monsieur de Fierdrap, et que mon frère, ici présent, faisait voir, dans sa personne, la grave Sorbonne, en habit écarlate, chassant le renard, à franc étrier, sur les domaines de notre gracieux cousin le duc de Northumberland, ces demoiselles de Touffedelys qui, en leur qualité de châtelaines, très-aimées des gens de leurs terres, avaient cru pouvoir se dispenser d'émigrer, ainsi que moi, la dernière d'une famille nombreuse et depuis longtemps déjà dispersée, nous nous occupions, de ce côté-ci de la Manche, à bien autre chose, je vous assure, qu'à *filer nos quenouilles de lin,* comme dit la vieille chanson bretonne. Les temps paisibles, où l'on ourlait des serviettes ouvrées, dans la

salle à manger du château, n'étaient plus...
Quand la France se mourait dans les guerres
civiles, les rouets, l'honneur de la maison, devant lesquels nous avions vu, pendant notre
enfance, nos mères et nos aïeules, assises comme
des princesses des contes de Fées, les rouets
dormaient, débandés et couverts de poussière,
dans quelque coin du grenier silencieux. Pour
parler à la manière des fileuses cotentinaises :
nous avions un lanfois, plus dur à peigner. Il
n'y avait plus de maison, plus de famille, plus
de pauvres à vêtir, plus de paysannes à doter ;
et la chemise rouge de mademoiselle de Corday
était tout le trousseau en espérance qu'à des
filles comme nous avait laissé la République !

« Or, à l'époque dont je vais vous parler,
monsieur de Fierdrap, la grande guerre, ainsi
que nous appelions la guerre de la Vendée,
était malheureusement finie. Henri de la Rochejacquelein, qui avait compté sur l'appui des
populations normandes et bretonnes, avait, un
beau matin, paru sous les murs de Granville ;
mais, défendu par la mer et ses rochers encore
mieux que par les réquisitionnaires républicains, cet inaccessible perchoir aux mouettes
avait tenu ferme, et de rage de ne pouvoir s'en
rendre maître, la Rochejacquelein, à ce moment-là, dit-on, dégoûté de la vie, était allé
briser son épée sur la porte de la ville, malgré

le canon et la fusillade ; puis, il avait remmené
ses Vendéens. Du reste, si, comme on l'avait
cru d'abord, Granville n'avait pas fait de résistance, le sort de la guerre royaliste aurait-il été
plus heureux ?... Nul des chefs normands (et je
les ai tous très-bien connus), qui avaient dans
notre Cotentin essayé d'organiser une chouannerie, à l'instar de celle de l'Anjou et du Maine,
ne le pensait, même dans ce temps où l'inflam-
mation des esprits rendait toute illusion facile.
Pour le croire, ils jugeaient trop bien le paysan
normand, qui se battrait comme un coq d'Ir-
lande pour son fumier et dans sa basse-cour,
mais à qui la Révolution, en vendant à vil
prix les biens d'émigrés et les biens d'Église,
avait précisément offert le morceau de terre
pour lequel cette race, pillarde et conservatrice
à la fois, a toujours combattu, depuis sa première apparition dans l'histoire. Vous n'êtes
pas Normand pour des prunes, baron de Fierdrap, et vous savez, comme moi, par expé-
périence, que le vieux sang des pirates du Nord
se retrouve encore dans les veines des plus
chétifs de nos paysans en sabots. Le général
Télémaque, comme nous disions alors, c'est-à-
dire, sous son vrai nom, le chevalier de Montressel, qui avait été chargé par M. de Frotté
d'organiser la guerre dans cette partie du Cotentin, m'a souvent répété combien il avait été

difficile de faire décrocher du manteau de la
cheminée le fusil de ces paysans, chez qui l'a-
mour du roi, la religion, le respect des nobles
ne venaient que bien après l'amour de leur *fait*
et le besoin d'avoir de *quay sur la planque*[1].
« Tous les sentiments de ces gens-là sont des
intérêts, me disait, dans son dépit, le chevalier, qui n'était pas de Normandie. Et il ajoutait, M. de Montressel : « Si la chair de Bleu
s'était vendue au prix du gibier, sur les mar-
chés de Carentan ou de Valognes, pas de doute
que mes lambins dégourdis n'en eussent bourré
leurs carnassières, et ne nous eussent abattu,
à tout coin de haie, des républicains, comme
ils abattaient, dans les marais de Néhou, des
canards sauvages et des sarcelles ! »

« Et si je reviens sur tout cela, monsieur
de Fierdrap, quoique vous le sachiez aussi bien
que moi, c'est que vous n'étiez plus là, vous,
quand nous y étions, et que je me sens obligée, avant d'entrer dans mon histoire, de vous
rappeler ce qui se passait en cette partie du
Cotentin, vers la fin de 1799. Jamais, depuis
la mort du roi et de la reine, et depuis que la
guerre civile avait fait deux camps de la France,
nous n'avions eu, nous autres royalistes, le
courage sinon plus abattu, au moins plus na-

[1] De quoi sur la planche.

9

vré... Le désastre de la Vendée, le massacre de
Quiberon, la triste fin de la chouannerie du
Maine, avaient été la mort de nos plus chères
espérances, et si nous tenions encore, c'était
pour l'honneur ; c'était comme pour justifier la
vieille parole : « On va bien loin quand on est
lassé ! » M. de Frotté, qui avait refusé de reconnaître le traité de la Mabilais, continuait
de correspondre avec les princes. Des hommes
dévoués passaient nuitamment la mer et allaient
chercher en Angleterre, pour les rapporter à la
côte de France, des dépêches et des instruc-
tions. Parmi eux, il en était un qui s'était dis-
tingué entre les plus intrépides par une audace,
un sang-froid et une adresse incomparables :
c'était le chevalier Des Touches.

» Je ne vous peindrai pas le chevalier... Vous
le disiez, il n'y a qu'un instant, à mon frère,
vous l'avez connu à Londres et vous l'y appe-
liez *la belle Hélène,* beaucoup pour son enlèvement, et un peu aussi pour sa beauté ; car il
avait, si vous vous en souvenez, une beauté
presque féminine, avec son teint blanc et ses
beaux cheveux annelés, qui semblaient poudrés,
tant ils étaient blonds ! Cette beauté, dont tout
le monde parlait et dont j'ai vu des femmes
jalouses, cette délicate figure d'ange de missel
ne m'a jamais beaucoup charmée. J'ai souvent
raillé sur leurs admirations enthousiastes mes-

demoiselles de Touffedelys et bien d'autres
jeunes filles de ce temps, qui regardaient le
chevalier de Langotière comme un miracle, et
l'auraient volontiers nommé la *belle des belles*,
comme du temps de la Fronde on disait de la
duchesse de Montbazon. Seulement, tout en
raillant, je n'oubliais pas que cette mignonne
beauté de fille à marier était doublée de l'âme
d'un homme ; que sous cette peau fine, il y
avait un cœur de chêne et des muscles comme
des cordes à puits... Un jour, dans une foire,
à Bricquebec, j'avais vu le chevalier traité de
chouan avec insolence, sous une tente, faire
tête à quatre vigoureux paysans, dont il tordit
les *pieds de frêne* dans ses charmantes mains,
comme si ç'avaient été des roseaux ! Je l'avais
vu pris brutalement à la cravate par un bri-
gadier de gendarmerie, taillé en Hercule, saisir
le pouce de cet homme, entre ses petites dents,
ces deux si jolis rangs de perles ! le couper net
d'un seul coup et le souffler à la figure du bri-
gadier, tout en s'échappant par un bond qui
troua la foule ameutée autour d'eux ; et depuis
ce jour-là, je l'avoue, la beauté de ce terrible
coupeur de pouce m'avait paru moins efféminée !
Depuis ce jour-là aussi, j'avais appris à le connaître, au château de Touffedelys, où, comme
je vous le disais, baron, nous avions notre
quartier général le mieux caché et le plus sûr.

Êtes-vous quelquefois allé à Touffedelys, monsieur de Fierdrap?... Vos domaines, à vous,
n'étaient pas de ce côté, et de ce pauvre château
ruiné, il ne reste pas maintenant une seule
pierre! C'était un assez vaste manoir, autrefois
crénelé, un débris de construction féodale, qui
pouvait abriter une troupe nombreuse entre ses
quatre tourelles, et dont les environs étaient
couverts de ces grands bois, le vrai nid de
toutes les chouanneries! qui rappelaient par
leur noirceur et les dédales de leurs clairières,
ce fameux bois de Misdom où le premier des
chouans, un Condé de broussailles, Jean Cottreau, avait toute sa vie combattu. Situé à peu
de distance d'une côte solitaire, presque ina-
bordable à cause des récifs, le château de
Touffedelys semblait avoir été placé là, comme
avec la main, en prévision de ces guerres de
partisans, à moitié éteintes et que nous essayions
de rallumer! Tout ce qui avait résolu de reprendre et de continuer cette malheureuse
guerre interrompue, tout ce qui repoussait dans
son âme d'oppressives pacifications, tout ce qui
pensait que des combats de buisson et de haie
pouvaient mieux réussir qu'une guerre de grande
ligne, devenue d'ailleurs impossible, tous ceux
enfin qui voulaient brûler une dernière car-
touche contre la Fortune, l'ignoble et lâche
Fortune! et s'enterrer sous leur dernier coup

de fusil, venaient, de toutes parts, se réunir et
se concerter dans ce fidèle château de Touffedelys ! Les chefs de cette arrière-chouannerie,
qui eut son dénoûment, hideusement tragique,
à la mort de Frotté, massacré dans le fossé de
Verneuil, y arrivaient sous toutes sortes de
déguisements et, maintes fois, ils s'y abouchèrent
avec les derniers survivants de la chouannerie
du Maine écrasée. Afin de désorienter le soupçon, le château, qui n'avait plus que deux châtelaines, bien peu inquiétantes, à ce qu'il semblait, pour la République, était le refuge de
quelques femmes de la contrée dont les pères,
les maris et les frères avaient émigré, et qui
n'ayant voulu ou pu les suivre, évitaient, en
vivant à la campagne, au milieu des paysans
chez lesquels un vieux respect pour leurs fa-
milles existait encore, ce qu'elles n'eussent pas
évité dans les villes, le gouffre toujours béant
des maisons d'arrêt.

Elles y vivaient le plus obscurément qu'elles
pouvaient, cherchant à se faire oublier des
représentants du peuple en mission, ces épouvantables inquisiteurs, mais cherchant à renouer
les mailles du réseau, si souvent brisé, d'une
insurrection à laquelle l'ensemble a trop manqué
toujours. Ces femmes, dont voici quatre échan-
tillons, monsieur de Fierdrap...

Et des ciseaux qu'elle tenait, mademoiselle

de Percy indiqua les deux Touffedelys, mademoiselle Aimée, et enfin elle-même, en retournant la pointe de ses ciseaux vers les redoutables timbales de son corsage.

— Ces femmes étaient dans tout l'éclat de
leur fraîcheur de Normandes et dans toute la
romanesque ferveur des sentiments de leur
jeunesse ; mais dressées au courage par les
événements mortels de chaque jour, perpétuellement à quelques pieds de leurs têtes, et brûlant de ce royalisme qui n'existe plus, même
dans vous autres hommes, qui avez pourtant si
longtemps combattu et souffert pour la royauté,
elles ne ressemblaient pas à ce qu'avaient été
leurs mères au même âge et à ce que sont leurs
filles ou leurs petites-filles aujourd'hui ! La vie
du temps, les transes, le danger pour tout ce
qu'elles aimaient avaient étendu une frémis-
sante couche de bronze autour de leurs cœurs...
Vous voyez bien Sainte de Touffedelys dans
sa bergère, qui ne traverserait pas aujourd'hui
la place des Capucins, à minuit, pour un empire,
et sans se sentir de la mort dans les veines...
eh bien, Sainte de Touffedelys (n'est-ce pas,
Sainte ?) venait seule avec moi, la nuit, par les
plus mauvais temps d'orage, porter sur cette
côte isolée et dangereuse des dépêches au chevalier Des Touches, déguisé en pêcheur de
congres et qui, dans un canot fait de trois

planches, sans aucune voile et sans gouvernail,
se risquait pour le service du roi, de la côte
de France à la côte d'Angleterre, à travers cette
Manche toujours grosse de quelque naufrage...
aussi froidement que s'il se fût agi d'avaler un
simple verre d'eau !

— Et cela pouvait être la mer à boire ! interrompit l'abbé, qui, comme le prince de Ligne,
aimait jusqu'aux bêtises de la gaieté.

— Car telle était surtout, — continua mademoiselle de Percy, trop *partie* pour s'apercevoir de l'interruption de son frère,—la fonction
parmi nous du chevalier Des Touches ! Entre
les gentilshommes qui hantaient le château de
Touffedelys et qui y concertaient la guerre, il
n'y avait, malgré le courage qui les distinguait
et qui les égalisait tous, que ce jeune damoisel
de chevalier Des Touches pour se mettre ainsi
à la mer, comme un poisson, car vous vous
en souvenez, Sainte ? c'était réellement à peine
un canot que cette pirogue de sauvage qu'il
avait construite et dans laquelle il filait, en
coupant le flot comme un brochet, caché dans
l'entre-deux des vagues et défiant ainsi toutes
les lunettes de capitaines qui surveillaient la
Manche et l'espionnaient, de chaque pointe de
vague ou de falaise, dans ce temps-là ! Vous
rappelez-vous, Sainte, qu'un soir de brume
qu'il allait partir, vous voulûtes, en riant, des-

cendre dans cette frêle pirogue, et que vous si
légère alors, poids de fleur ou d'oiseau, vous
manquâtes de la faire chavirer, ma bergeron-
nette ! Et pourtant, c'était dans une pareille
coquille de noix qu'il passait par les plus exé-
crables temps d'une côte à l'autre, toujours
prêt à revenir ou à partir, quand il le fallait ;
toujours à l'heure, exact comme un roi, le roi
des mers ! Certes, parmi ses compagnons
d'armes, il y avait des cœurs qui auraient
aussi bien que lui tenté l'aventure, qui n'avaient
pas plus peur que lui de laisser leurs cadavres
aux crabes et pour qui la manière de mourir
était indifférente, quand il s'agissait du roi et
de la France ; mais tout en l'imitant, nul
d'entre eux n'eût cru réussir et n'eût certainement réussi !... Pour cela, il fallait être un
homme à part, plus qu'un marin ! plus qu'un
pilote ! Il fallait enfin être ce qu'il était, cet
étonnant jeune homme que la guerre civile
avait pris, n'ayant vu la mer que de loin, et
n'ayant jamais fait autre chose que de tirer
des mouettes autour de la gentilhommière de
son père ! Aussi les vieux matelots du port de
Granville, amateurs du merveilleux, comme
tous les marins, quand ils surent la périlleuse
vie du chevalier, pendant dix-huit mois de
courses à peu près continuelles, dirent-ils qu'il
charmait les vagues, comme on a dit aussi de

Bonaparte qu'il *charmait* les balles et les boulets. Ils se connaissaient en audace. L'audace du chevalier ne les troublait donc pas, mais ils avaient besoin de s'expliquer son bonheur par une de ces idées superstitieuses qui sont familières aux matelots.

« Il aurait dû, en effet, vingt fois être pris ou succomber dans ces terribles passages ! Ce bonheur insolent et constant, cette imprudence si souvent recommencée et d'un résultat toujours assuré, donnaient à Des Touches une importance considérable parmi les autres officiers de la chouannerie du Cotentin. On sentait que, s'il périssait, on ne le remplacerait pas ! D'ailleurs, il n'était pas qu'un courrier, infatigable et intrépide, qui savait son détroit de mer, comme certains guides pyrénéens savent leurs montagnes. Partout, dans le hallier, dans l'embuscade, au combat, lorsqu'il fallait jouer de la carabine ou s'estafiler corps à corps avec le couteau, c'était un des chouans les plus redoutables, l'effroi des Bleus, qu'il étonnait toujours, en les épouvantant, quand, dans une affaire, il déployait tout à coup, à travers ses formes sveltes et élégantes, la force terrassante du taureau ! *C'est la guêpe !* disaient-ils, les Bleus, en reconnaissant dans la fumée des rencontres cette taille fine et cambrée, comme celle d'une femme en corset : *Tirez à*

10

la guêpe! Mais la guêpe s'envolait toujours
ivre du sang qu'elle avait versé; car *elle* avait
une vaillance acharnée et féroce. En toute
occasion, ce mignon de beauté était et restait
l'homme du pouce si cruellement mordu et
coupé à la foire de Bricquebec; le visage blanc,
à la lèvre large et rouge, signe de cruauté! dit-
on, et qu'il avait aussi rouge que le ruban de
votre croix de Saint-Louis, monsieur de Fierdrap! Ce n'était pas seulement le fanatisme de
sa cause qui l'exaltait quand, avant ou après
le combat, il se montrait implacable. Il était
chouan, mais il ne semblait pas de la même
nature que les autres chouans. Tout en se
battant avec eux, tout en jouant sa vie à pile
ou face pour eux, il ne semblait pas partager
les sentiments qui les animaient. Peut-être
chouannait-il pour chouaner, lui, et était-ce
tout?... Ces compagnons, ces guerillas, ces
gentilshommes n'avaient pas uniquement Dieu
et le roi dans leur cœur. A côté du royalisme
qui y palpitait, il y avait d'autres sentiments,
d'autres passions, d'autres enthousiasmes. La
jeunesse ne sonnait pas vainement, en eux,
son heure brûlante. Comme les chevaliers,
leurs ancêtres, ils avaient tous ou presque
tous *une dame de leurs pensées* dont l'image
les accompagnait au combat, et c'est ainsi que
le roman allait son train à travers l'histoire.

Mais le chevalier Des Touches! je n'ai jamais
revu dans ma vie un tel caractère. A Touffedelys où nous avons tant brodé de mouchoirs
avec nos cheveux pour ces messieurs qui nous
faisaient la galanterie de nous les demander
et qui les emportaient comme des talismans,
dans leurs expéditions nocturnes, je ne crois
pas qu'il y en ait eu un seul de brodé pour
lui. Qu'en pensez-vous, Ursule ?... Toutes les
recluses de cette espèce de couvent de guerre
l'intéressaient fort peu, quoiqu'elles fussent la
plupart fort dignes d'être aimées, même par
des héros ! Nous pouvons bien le dire aujour-
d'hui que nous voilà vieilles. Et d'ailleurs, je
ne parle pas de moi, Barbe-Pétronille de
Percy, qui n'ai jamais été une femme que sur
les fonts de mon baptême, et qui, hors de là,
ne fus toute ma vie qu'un assez brave laideron, dont la laideur n'avait pas plus de
sexe que la beauté du chevalier Des Touches
n'en avait !

Mais je parle pour ces demoiselles de
Touffedelys ici présentes, alors dans toute la
splendeur de la vie, deux cygnes de blancheur
et de grâce, auxquels il fallait mettre un collier différent autour du cou pour les reconnaître ! Je parle pour Hortense de Vély, pour
Elisabeth de Maneville, pour Jeanne de Montevreux, pour Yseult d'Orglande, et surtout

pour Aimée de Spens, devant qui toutes les
autres, si radieuses fussent-elles, s'effaçaient
comme un brouillard de rivière devant le
soleil. Aimée de Spens était de beaucoup la
plus jeune de nous toutes. Elle avait seize ans
quand nous en avions trente. C'était une
enfant, mais tellement belle, monsieur de
Fierdrap, qu'excepté ce cœur de brochet, le
chevalier Des Touches, il n'y eut peut-être pas
un seul des hommes de cette époque qui la
vît sans l'aimer, cette Aimée la-bien-nommée,
comme nous l'appelions! Du moins les onze
gentilshommes de l'expédition des Douze,
puisque le douzième est une femme, votre
servante, baron de Fierdrap! avaient-ils tous
pour elle une passion romanesque et déclarée,
car tous, les uns après les autres, ils avaient
demandé sa main!

— Quoi! ils l'ont aimée tous les onze! dit
le baron, qui partit comme une bonde à ce
trait, frappé de ce détail singulier dans une
histoire où les événements étaient aussi étonnants que les personnages.

— Oui, tous, baron! reprit mademoiselle de
Percy, et les sentiments inspirés par elle ont
plus ou moins duré en ces âmes fortes. Quelques-uns d'entre eux sont restés amoureux et
fidèles. Vous vous en étonneriez peu, du reste,
si vous aviez connu l'Aimée de cette époque,

une femme qui n'a pas eu de peintre, et comme vous n'en avez peut-être jamais rencontré, vous qui avez tant couru le monde !

— Halte ! fit M. de Fierdrap, qui avait été hulan en Allemagne ; halte ! répéta-t-il, comme s'il avait eu toute sa compagnie de hulans sur les talons. J'ai connu en 180... lady Hamilton, et par les sept coquilles que je porte ! mademoiselle, je vous jure que c'était une commère à faire comprendre, même à un quaker, les satanées bêtises que l'amiral Nelson s'est permises pour elle !

— Je l'ai connue aussi, dit à son tour l'abbé ; mais mademoiselle Aimée de Spens, que tu vois là, était encore plus belle. C'était comme le jour et la nuit...

— Corne de cerf ! fit le baron de Fierdrap surexcité, je vis un jour cette lady Hamilton en bacchante...

— Par exemple ! interrompit railleusement l'abbé, voilà comme jamais tu n'aurais pu voir mademoiselle Aimée de Spens, Fierdrap !

— Et je te jure, dit le baron qui n'écoutait plus et qui voulait raisonner...

— Que cela n'allait pas mal à cette grande fille d'auberge, interrompit encore l'abbé, parbleu ! je le crois bien ! Elle avait versé de son robuste bras rose hâlé assez de cruches de bière aux palefreniers du Richemond pour

jouer de l'amphore... et du reste avec grâce !
Mais mademoiselle Aimée de Spens n'était pas
de cet acabit de beauté-là ! Ne t'avise jamais,
Fierdrap, de lui comparer personne ! Ma sœur
a raison. On ne vit pas assez longtemps pour
rencontrer dans sa vie deux femmes comme
celle-là *a été*... La beauté unique de son temps !
mon cher, et elle aura eu le sort de tout ce
qui est absolument beau ici-bas ! Il n'y aura
pas d'histoire pour elle... pas plus que pour les
onze héros qui l'ont aimée. Elle n'en aura
déshonoré aucun ; elle ne sera entrée dans la
baignoire d'aucune reine ; elle ne comptera point
parmi les intéressantes ravageuses de ce
monde, qui le bouleversent du vent de leurs
jupes ! Pauvre magnifique beauté perdue, qui
n'entend même pas ce que je dis d'elle, ce
soir, au coin de cette cheminée, et qui n'aura
été dans toute sa vie que le solitaire plaisir de
Dieu !

Pendant que l'abbé de Percy parlait, le
baron de Fierdrap regardait celle qu'il avait
appelée le *solitaire plaisir de Dieu,* travaillant
alors à sa broderie avec ses deux mains de
madone. Il clignait de l'œil, M. de Fierdrap.
C'était son tic et il en faisait une finesse. De
son autre œil qu'il ne fermait pas, de son œil
gris émérillonné, l'ancien hulan allait du beau
front d'Aimée, couronné de ses cheveux d'or

bronze, de ce beau front à la Monna Lisa, au centre un peu renflé duquel le rayon de la lampe qui y luisait attachait comme une féronnière d'opale, jusqu'à ces opulentes épaules moulées dans la soie gris de fer, collant au corsage, et peut-être pensait-il en voyant tout cela que, malgré le temps, malgré la douleur, malgré tout, il restait du *plaisir solitaire de Dieu* d'assez riches miettes pour que les hommes, et les plus difficiles des hommes, pussent faire encore une ripaille de roi !

Mais il ne dit pas ce qu'il pensait... Si des incongruités zig-zaguèrent un instant dans son cerveau, il les contint sous sa perruque aventurine, et mademoiselle de Percy reprit son histoire, en haletant, comme une locomotive qui repart :

— Comme elle était une orpheline et, malheureusement, la dernière de sa race, Aimée de Spens passait une partie de ses jours avec nous, graves filles de trente ans, qui lui faisions comme une troupe de mères... Depuis quelque temps, elle habitait Touffedelys, quand elle y vit pour la première fois ce jeune homme inconnu qu'elle a aimé, et dont nous avons toujours ignoré le vrai nom, le pays et les aventures. A-t-elle su tout cela, elle ? Dans les longues heures passées front à front, sous les profondes embrasures de chêne de la grande

salle de Touffedelys, où nous les avons tant
laissé causer à voix basse, dès que nous eûmes
appris qu'ils s'étaient *promis* l'un à l'autre, lui
aura-t-il révélé le secret de sa vie ? Mais si
cela fut, elle l'a bien gardé ! Tout est enterré
dans ce cœur avec son amour ! Ah ! Aimée de
Spens ! c'est une tombe, mais une tombe sous
une plate-bande de muguets calmes ! Tenez,
monsieur de Fierdrap, regardez l'air placide
de cette fille finie, dont la vie, depuis vingt
ans, est désespérée et si simple, de cette créature digne d'un trône, et qui mourra pauvre
dame en *chambre* du couvent des Bernardines
de Valognes. Elle n'entend plus ; elle écoute à
peine ; elle n'a pour tout que ce sourire charmant qui vaut mieux que tout et qu'elle met
par-dessus tout. Elle ne vit que dans sa pensée, que dans ses souvenirs, qu'elle n'a jamais
profanés par une confidence ! oubliant le monde
et résignée à l'oubli du monde, ne voyant que
l'homme qu'elle a aimé...

— Non, Barbe, non, elle ne le voit pas ! fit
ingénument mademoiselle Sainte, toujours au
seuil du monde surnaturel, et qui prit au pied
de la lettre la métaphore, assez modeste pourtant, de mademoiselle de Percy. Depuis qu'il
est mort, elle ne l'a jamais vu, mais elle n'en
est pas moins *hantée*... et c'est plus particulièrement au mois dans lequel il a été tué

qu'il *revient !* C'est pour cela qu'elle ne peut
pas, pendant ce mois-là, rester seule dans sa
chambre quand la nuit est tombée. Toute
sourde et archisourde qu'elle est, elle y entend
très-bien alors des bruits étranges et effrayants.
On y soupire dans tous les coins et il n'y a
personne ! Les anneaux de cuivre des rideaux
grincent sur leurs tringles de fer, comme si on
les tirait avec violence... Une fois, je les ai
entendus avec elle, et je lui dis toute épeurée,
car les cheveux m'en *grigeaient* sur le front :
« C'est bien sûr *son âme* qui revient vous demander des prières, Aimée ! » Et elle me répondit gravement et moins troublée que je n'étais :
« Je fais toujours dire une messe à l'autel des
morts, le lendemain des soirs où j'entends cela,
Sainte ! » Or, c'était bien vrai que c'était *sa*
messe qu'*il* voulait, car une fois Aimée, ayant
tardé d'un jour à la faire dire comme d'habitude le lendemain des bruits, ils devinrent
affreux la nuit suivante ! Les rideaux sem-
blèrent fous sur leurs tringles, et toute la nuit
les meubles craquèrent comme des marrons
qu'on n'a pas coupés et qui sautent hors du
feu !

— Eh bien, reprit mademoiselle de Percy,
mécontente d'avoir été pendant si longtemps
interrompue, cette Aimée qui croit aux fantômes, mais pas comme vous, Sainte ! — elle

11

lui payait par ce petit mot de mépris son interruption, à cette pauvre et benoite brebis du
bon Dieu, qui avait bêlé hors de propos, —
cette Aimée, qui peut très-bien croire à ceux-là
qu'elle voit dans son cœur, a toujours été et
est encore pour nous, monsieur de Fierdrap,
un mystère, plus profond et plus étonnant que
le mystère de son fiancé. Lui, n'a fait que paraître et disparaître. Quoi donc d'étonnant à
ce que nous n'en ayons jamais rien su ?...
Mais nous avons vécu vingt-cinq ans avec elle,
et nous n'en savons pas sur elle beaucoup davantage ! Quand cet inconnu, resté pour nous
un inconnu, vint au château de Touffedelys, il
fut précisément amené par notre chevalier Des
Touches. Aimée connaissait le chevalier. Elle
l'avait vu à plusieurs reprises dans l'Avran-
chin, chez une de ses tantes, madame de la
Roque-Piquet, une vieille chouanne qui ne
pouvait pas chouanner comme moi, car elle
était cul-de-jatte, mais qui chouannait à sa manière, en cachant, le jour, des chouans dans ses
celliers et dans ses granges, pour les expéditions de nuit. Aimée avait retrouvé le chevalier
à Touffedelys, et moi qui, dès lors, avec ma
laideur cramoisie, n'avais qu'à observer l'a-
mour... dans les autres, j'avais craint parfois,
mais sérieusement, qu'elle ne l'aimât... Du
moins, toujours quand le chevalier était là...

était-ce l'effet de la beauté éblouissante de cet homme, peut-être plus fémininement beau qu'elle?... j'avais remarqué sur les paupières obstinément baissées de la belle et noble Aimée un frissonnement, et, sur son front rose, un ton de feu, qui m'avaient souvent inquiétée... Ame de ma vie! ils auraient fait, cela n'est pas douteux, un superbe couple! Mais outre que le petit chevalier de Langotière n'était pas de souche à épouser une de Spens, il semblait, à ma Minerve, à moi, qu'un homme comme Des Touches devait être terrible à aimer!

Dieu y para. Elle ne l'aima point. Celui qu'elle aima fut, au contraire, ce compagnon du chevalier, qui arriva avec lui une nuit à Touffedelys, par une de ces épouvantables tempêtes que Des Touches préférait au calme des nuits claires pour ses passages.

Vous souvient-il de cette nuit-là, Ursule?... Nous ne dormions pas, nous étions dans le grand salon, occupées, vous et Aimée, à faire de la charpie et moi à fondre des balles, car je n'ai jamais aimé les chiffons ; veillant comme ce soir, mais moins tranquilles. Tout à coup le cri de la chouette s'entendit et tous deux entrèrent dans leurs peaux de bique ruisselantes, semblables à des loups tombés dans la mer. Le chevalier Des Touches nous présenta son compagnon comme un gentilhomme qui

avait fait longtemps la guerre du Maine sous
le nom de *M. Jacques* qu'on lui donnait encore...

— Par Dieu ! fit le baron de Fierdrap, qui
tressaillit à ce nom comme à un coup de carabine, il est bien connu ce pseudonyme-là dans
le Maine ! Il y a insurgé assez de paroisses. Il
y a fait lever assez de *fertes !* Il y est resté assez glorieux ! *M. Jacques !* Mais Jambe-d'Argent lui-même se courbait devant l'intrépidité
et le génie de général de *M. Jacques !* Seulement, mademoiselle, il devait être mort vers
cette époque, si c'était celui-là ?...

— Oui, on l'avait cru mort, reprit mademoiselle de Percy, mais, après avoir échappé aux
Bleus, il s'était réfugié en Angleterre, où les
Princes l'avaient chargé d'une mission person-
nelle auprès de M. de Frotté ; et c'est pour cela
qu'il était venu de Guernesey à la côte de
France dans ce canot de Des Touches, où il ne
pouvait tenir qu'un seul homme, et qui faillit
cent fois sombrer, sous le poids de deux ! Pour
supprimer tout fardeau inutile, ils avaient ramé
avec leurs fusils...

M. de Frotté était alors sur les confins de
la Normandie et de la Bretagne, cherchant à
ranimer des insurrections expirantes... *M. Jacques* alla seul l'y joindre et revint quelque
temps après à Touffedelys, grièvement blessé.

En y revenant, il avait été obligé de se glisser
entre les tronçons épars des Colonnes Infer-
nales, qui pillaient et massacraient le pays, et
il avait essuyé je ne sais combien de coups de
feu, dont les derniers tirés l'atteignirent...
Quand il rentra à Touffedelys sur un cheval
blessé comme lui, le cheval et l'homme, rouges
de sang, tombèrent, le cheval mort sous
l'homme mourant et sans connaissance. Les
balles dont il était criblé le clouèrent longtemps à Touffedelys. Ses blessures, qu'il fallut
soigner, l'y retinrent. Elles étaient nombreuses
et nous pûmes les compter, car nous les pan-
sâmes toutes, ma foi, de nos mains de demoiselles ! On ne faisait pas de pruderie dans ce
temps-là. La guerre, le danger avaient emporté
toutes les affectations et les petites mines. Il
n'y avait pas de chirurgiens au château de
Touffedelys ; il n'y avait que des chirurgiennes.
J'étais la chirurgienne en chef. On m'appelait
« le Major » parce que je savais mieux débrider
une blessure que toutes ces trembleuses.

— Tu la débridais comme tu l'aurais faite !
dit l'abbé.

Pour mademoiselle de Percy, cette vieille
héroïne inconnue, l'opinion de l'abbé représentait la Gloire. Elle devint plus pivoine que
jamais à l'observation de son frère.

— Oui, elles m'appelaient « le Major », con-

tinua-t-elle avec la gaieté de l'orgueil flatté,
et comme c'était moi qui faisais d'ordinaire
l'inventaire des blessures que nous avions à
fermer, je me rappelle que, quand je vis l'é-
pouvantable hachis du corps de *M. Jacques,*
étendu devant nous, je regardai circulairement
tout mon groupe d'aides, alors très-pâles, et
comme j'ai toujours été un peu saint Jean
bouche d'or...

— Et plus bouche d'or que sainte, glissa encore l'abbé.

— ...Je leur dis, gaillardement, pour leur
donner du courage, en leur désignant le blessé
évanoui : « Mort de ma vie ! si nous le sau-
vons, quel beau bijou guilloché ce sera pour
celle de vous qui voudra se le passer autour du
cou, mesdemoiselles ! »

Elles se mirent à rire comme des folles,
mais Aimée resta sérieuse et en silence. Elle
avait rougi.

Elle rougit aussi pour Des Touches ! pensai-je. Laquelle donc de ces deux rougeurs est
l'amour ?...

C'était, du reste, comme le chevalier Des
Touches, un homme que je n'aurais jamais
songé à aimer, ce *M. Jacques !* si j'avais été
bâtie pour les sentiments tendres. Il n'avait pas
la beauté féminine et cruelle du chevalier, mais
quoique la sienne fût plus virile, plus brune et

plus ardente, elle avait aussi son côté femme :
la mélancolie. Les hommes mélancoliques me
sont insupportables. Je les trouve moins hommes
que les autres hommes. *M. Jacques* était ce
qu'on a appelé longtemps *un beau ténébreux.*
Or, je suis de l'avis de cette coquine de Ninon
qui disait : « La gaieté de l'esprit prouve sa
force. » Je me moque de l'esprit... et je n'y
tiens pas, mais cela est certain que la gaieté
est un courage... un courage de plus ! *M. Jacques,* que ces dames, qui ne pensaient pas
comme moi, appelaient, à Touffedelys, pour le
poétiser, « le beau Tristan, » m'aurait donné
sur les nerfs, avec son impatientante mélancolie, — si une grosse fille de mon calibre pouvait
avoir des nerfs ! Que voulez-vous ? il faut pour
moi que les héros eux-mêmes soient de bonne
humeur et rient à la figure de tous les dangers.

— Oh ! vous avez toujours été, mademoiselle
de Percy, — fit l'abbé, — un vrai Roger Bon-
temps, qui, dans une autre époque qu'une
époque de révolution, aurait inquiété sa famille. Ce n'était pas seulement des héros qu'il
vous fallait à vous, c'étaient des lurons d'héroïsme ! Dieu a bien fait de vous faire laide,
et tous les matins, je l'en remercie à la messe ;
car peut-être l'honneur des Percy eût-il couru
grand risque, sans cette précaution.

— Riez toujours ! riez, allez, mon frère, ré-

pondit elle, riant elle-même, montrant combien
elle aimait la gaieté par la façon dont elle ac-
cueillait la plaisanterie. Tout vous est permis
contre votre cadette. N'êtes-vous pas le chef de
notre maison ?

— C'est vrai, glissa alors mademoiselle Ursule, qui n'avait rien dit jusque-là et qui inter-
vint dans la causerie, pendule retardée qui
sonnait ! c'est vrai qu'il n'était pas très-aimable,
ce *M. Jacques,* il était triste comme un bonnet
de nuit.

— Comme un bonnet rouge plutôt ! interrompit l'impétueuse mademoiselle de Percy.
Les révolutionnaires de tous les pays se ressemblent. Les jacobins français étaient aussi
rechignés, aussi solennels, aussi pédants que
les puritains d'Angleterre. Je n'en ai pas connu
un seul qui fût gai, tandis que tous l'étaient
parmi les royalistes, qui avaient gardé l'esprit
du pays qu'on nommait autrefois « la gaye
France » parmi ces fiers *gars* qui avaient tout
perdu et même l'espérance, mais qui se conso-
laient de tout, par la guerre, par le piquant
inattendu de l'aventure et la risette des coups
de fusil !

— Mais, s'il était triste, dit mademoiselle
Ursule, qui reprit, comme la fourmi reprend
son brin de paille, sa petite idée interrompue
par cette fanfare d'enthousiasme militaire qui

venait de passer sur son cerveau, comme une trombe sur une couche à cornichons, s'il était triste, vous savez bien, ma chère Percy, qu'on disait qu'il avait des raisons pour l'être. Vous savez bien qu'on se disait dans le tuyau de l'oreille qu'il était un commandeur de Malte, et qu'il avait prononcé ses vœux...

— Oui, répondit mademoiselle de Percy, admettant l'objection, cela se chuchotait, et si réellement il était commandeur de Malte, l'idée de ses vœux dut le faire cruellement souffrir quand il devint amoureux de cette Aimée qu'il ne pouvait pas épouser, car les chevaliers de Malte étaient tenus à célibat comme les prêtres... mais de cela quelle preuve avons-nous jamais eue!... si ce n'est cette affreuse pâleur de mort qui lui couvrit tout à coup le visage le jour où, à table, au dessert, Aimée nous apprit qu'elle s'était *engagée,* en vous disant, Ursule, devant nous toutes, rose de pudeur et de l'effort que lui coûtait cet aveu qui, pour nous, était une nouvelle :

— « Ma chère Ursule, je vous en prie, donnez des fraises à mon fiancé! »

Il devait être heureux d'un tel mot, et il devint livide... Mais toutes les pâleurs ne se ressemblent-elles pas? Qui peut reconnaître la pâleur d'un homme heureux de celle d'un traître? S'il en était un, si vraiment il avait

12

menti avec Aimée, le coup de feu qui l'abattit
à mes pieds, la nuit de l'enlèvement, a fait à
la pauvre fille moins de mal que ce qui l'attendait, s'il était revenu avec nous. Elle a gardé
l'illusion qu'il *pouvait être à elle,* et lorsque je
lui rapportai le bracelet qu'elle lui avait fait
devant nous des plus belles tresses de sa chevelure, elle ne sut pas, et depuis elle n'a su
jamais que le sang dont il était couvert
pouvait être celui d'un homme qui l'avait
trompée.

— Mais Des Touches ! mais Des Touches !
fit M. de Fierdrap, qui depuis sa *remembrance*
sur lady Hamilton n'avait plus rien dit, et qui
regardait mademoiselle de Percy comme il devait regarder le liége de sa ligne quand le poisson ne mordait pas. Il avait les deux plus belles
patiences du monde : — celle du pêcheur à la
ligne et celle du chasseur à l'affut, et il en
avait aussi la double obstination.

— Fierdrap a raison, dit l'abbé, toujours taquin. Tu t'*égailles* trop, ma sœur. Vieille habitude de chouanne ! Tu chouannes... jusque dans
ta manière de raconter.

— Ta, ta, ta ! fit mademoiselle de Percy,
contenez vos jeunesses. Des Touches ! je vais
y arriver ; mais, mort-Dieu ! je ne puis pas en
venir à Des Touches et à son enlèvement
sans vous parler d'un homme qui a joué le

plus grand rôle dans cette crânerie, puisque c'est le seul qui y soit resté !

— Ce n'est pas une raison, cela, dit gravement l'abbé, dans une expédition pareille, il y a plus important que de bien mourir.

— Il y a réussir, repartit la vieille amazone qui avait gardé sous ses cottes grotesques le génie de l'action virile ; mais il a réussi, mon frère, puisque nous avons réussi et qu'il était avec nous ! D'ailleurs, quoique je ne me soucie guère de ce beau Tristan, comme on disait à Touffedelys, qui a laissé sa tristesse sur la vie d'Aimée, je n'en serai pas moins juste envers lui. Il n'y allait pas gaiement, mais il y allait ! C'est lui, c'est ce sentimental qui, lors du premier emprisonnement de Des Touches à Avranches, prit une torche dans sa languissante main, entra résolûment dans la prison et n'en sortit que quand tout fut à feu !

— Comment, à Avranches ? objecta le baron de Fierdrap étonné, mais c'est à Coutances que vous avez délivré Des Touches, mademoiselle !

— Ah ! fit mademoiselle de Percy, heureuse d'une ignorance qui donnait de l'inattendu à son histoire. Vous étiez en Angleterre en ce temps-là, vous et mon frère, et vous n'avez su que l'enlèvement qui, de fait, eut lieu à Coutances ; mais avant d'être emprisonné dans

cette ville, c'est à Avranches qu'il l'avait été,
et il ne fut même transféré à Coutances que
parce qu'à Avranches nous avions tenté de
brûler la prison.

— Très-bien, dit le baron de Fierdrap apaisé,
je ne savais pas, mais j'en suis enchanté, que
le chevalier Des Touches eût autant coûté à la
République !

— Laisse-la donc conter, Fierdrap, fit l'abbé,
qui, de tous, était celui-là qui avait le plus
interrompu la conteuse et qui se montrait le
plus animé contre ceux qui avaient son vice,
selon la coutume de tous les vicieux et de tous
les interrupteurs.

— C'était donc vers la fin de l'année 1799,
reprit l'historienne du chevalier Des Touches.
Il y avait plusieurs mois que *M. Jacques* était
avec nous à peu près guéri, mais affaibli et
souffrant encore de ses blessures. Pendant cette
longue convalescence de *M. Jacques* à Touffedelys, où il vivait caché, comme on vivait
dans ce temps-là, quand on ne se trouvait pas
le fusil à la main, au grand air, sous le clair
de lune, Des Touches, lui, le *charmeur de
vagues,* était repassé peut-être vingt fois de
Normandie en Angleterre et d'Angleterre en
Normandie. Nous ne le voyions pas à chacun
de ses passages. Souvent, il débarquait sur des
points extrêmement distants les uns des autres,

pour dépister les espions armés et acharnés,
qui, tapis sous chaque dune, aplatis dans le
creux des falaises, couchés à plat ventre au
fond des anses, le long de ces côtes dentelées
de criques, cernaient la mer de toutes parts et
faisaient coucher à fleur de sol des baïonnettes
et des canons de fusil qui ne demandaient qu'à
se lever ! Plus il allait, ce chevalier Des
Touches, traqué sur mer par des bricks, traqué
sur terre par des soldats et des gendarmes,
plus il allait, cet homme qui caressait le danger comme une femme caresse sa chimère, ce
rude joueur qui jouait son va-tout à chaque
partie, et qui gagnait, plus il était obligé
cependant, malgré son impassible audace,
d'user de précautions et d'adresse ; car le bonheur inouï de ses passages avait exaspéré
l'observation de ses ennemis, pour lesquels il
était devenu l'homme de son nom, *la Guêpe !*
la guêpe, insaisissable et affolante, l'ennemi
invisible, le plus provoquant et le plus mo-
queur des ennemis ! Il ne faisait plus l'effet
d'un homme en chair et en os, mais, comme
je l'ai souvent ouï dire aux gens de mer de ces
rivages, « d'une vapeur, d'un farfadet ! » Il y
avait entre les Bleus et lui, et les Bleus, ne
l'oubliez pas, c'était tout le pays organisé
contre nous, groupes de partisans éparpillés à
sa surface, qui ne nous rattachions les uns aux

autres que par des fils faciles à couper ; il y
avait entre les Bleus et lui un sentiment
d'amour-propre excité et blessé, plus redoutable
encore, à ce qu'il semblait, que l'implacable
haine de Bleu à Chouan !... La guerre entre
eux était plus que de la guerre, c'était de la
chasse ! C'était le duel que vous connaissez,
monsieur de Fierdrap, entre la bête et le
chasseur ! Déjà plus d'une fois, racontait-on
dans les cabarets et les fermes du pays, dont
cet homme est peut-être encore la légende, il
avait été sur le point d'être pris. On lui avait
tenu, disaient les paysans narquois, la main
diablement près des oreilles... On rapportait
même un fait, mais celui-là était avéré (il avait
eu la notoriété d'un combat en *règle*), c'est
qu'une fois, au cabaret de *la Faux,* dans les
terres entre Avranches et Granville, il s'était
battu, seul, contre une troupe de républicains,
enfermé et barricadé dans le grenier du cabaret, comme Charles XII à Bender, et qu'après
avoir tiré toute la nuit par les lucarnes et mis
par terre une soixantaine de Bleus, il avait
disparu au jour, par le toit... On ne savait
comment, disaient les femmes dont il frappait
l'imagination superstitieuse, mais comme s'il
eût eu des ailes au dos et sur la langue du
trèfle à quatre feuilles !

Ainsi, il n'était pas un farfadet que sur la

mer, il l'était aussi sur le *plancher des vaches*.
Beaucoup d'expéditions de terre, dont il avait
fait partie, l'avaient prouvé, du reste. Seulement, il ne pouvait pas l'être toujours ! La
martingale qu'il jouait devait nécessairement
avoir un terme, et le danger qu'il courait sous
les deux espèces, il devait y succomber à la
fin. Or, cet espoir de prendre Des Touches, de
tenir la Guêpe, et de pouvoir bien l'écraser
sous son pied, avivait et transportait jusqu'au
délire ces âmes irritées et créait pour lui un
péril si certain et tellement inévitable que,
dans l'opinion des hommes de son parti,
comme dans celle de ses ennemis, sa prise ou
sa mort n'était plus qu'une question de temps,
et que, quand, à Touffedelys, on vint nous dire
cette terrible nouvelle : « Des Touches est
pris ! » nous n'eûmes pas même un étonnement.

Celui qui vint nous la dire, à Touffedelys,
cette terrible nouvelle, était un jeune homme
de cette ville-ci, dont vous ne savez probablement pas le nom, quoique vous soyez du pays,
monsieur de Fierdrap, car il n'était pas gentilhomme. Il s'appelait Juste Le Breton. L'un
des préjugés que les Bleus ont le plus odieu-
sement exploités contre nous, c'est que, dans
la guerre des Chouans, nous n'étions que des
gentilshommes qui remorquaient les paysans

au combat, et rien n'est plus faux. Nous avions
avec nous des jeunes gens des villes, dignes de
porter l'épée qu'ils maniaient très-bien, et
Juste Le Breton était de ceux-là... Il avait été
anobli par l'épée des gentilshommes qui l'avaient
traité en égal, en croisant le fer avec lui dans
plusieurs de ces duels, comme on en avait
alors à Valognes, où le duel a été longtemps
une tradition... Aussi, quand la chouannerie
éclata, il vint à nous, cet anobli par l'épée, et
il nous apporta la sienne ! La sienne était au
bout d'un bras d'hercule. Juste était fort comme
le chevalier Des Touches, mais il ne cachait pas
sa force sous les formes sveltes et élancées du
chevalier, qui faisait toujours cette foudroyante
surprise, quand tout à coup il la montrait ! Non,
c'était un homme trapu et carré, blond comme
un Celte qu'il était, car son nom de Le Breton
disait son origine. C'était un Breton mêlé de
Normand. Sa famille avait passé en Normandie, et elle y avait oublié ses rochers de Bretagne pour les pâturages de cette terre qui a
des griffes pour retenir qui la touche, car qui
la touche ne peut s'en détacher ! Il semblait
qu'il aurait fallu, pour tuer ce Juste Le Breton, lui jeter une montagne sur la tête, et il
est mort en duel, après la guerre, comme nous
avions cru jusqu'à ce soir que Des Touches
était mort lui-même, et il est mort d'un misé-

rable coup d'épée dans l'aine, le croira-t-on ?
sans profondeur. Je l'ai vu cracher le sang six
mois et mourir épuisé comme une fille pulmo-
nique, avec une poitrine qui ressemblait à un
tambour ! Juste savait, à n'en pouvoir douter,
que Des Touches était pris, mais il ignorait
encore comment il avait été pris. Avec un
pareil homme, nous dit-il, et nous pensions
comme lui, il fallait qu'il y eût eu de la trahison !

Il y en avait eu, en effet, je l'ai su plus
tard, et ce fut même là, comme vous le verrez,
une bonne occasion pour juger du granit coupant qu'avait dans le ventre ce beau et délicat
Des Touches, qui m'avait fait un instant peur
pour Aimée, quand, à ses rougeurs incompré-
hensibles, je m'étais imaginé qu'elle pouvait
l'aimer !

— Un homme comme Des Touches, dit
M. *Jacques,* ne peut jamais être pris, tant qu'il
y a un chouan debout, avec un fusil et une
poire à poudre.

« Il n'en faut pas même tant, fit tranquillement Juste. Avec nos seules mains vides, nous
le reprendrions ! »

C'était dans les environs d'Avranches que
Des Touches avait été enveloppé et saisi par
une troupe tout entière, on disait tout un
bataillon, et c'est dans la prison de cette ville

qu'il avait été déposé, en attendant son exécu-
tion, qui serait certainement bientôt faite, car
la République n'y allait jamais de main morte,
et ici, il fallait qu'elle y allât de main très-
vive, si elle ne voulait pas que cet homme,
l'idole de son parti et doué du génie des res-
sources, échappât à ses bourreaux ! « La
chouette a sifflé du côté de Touffedelys ! »
ajouta Juste Le Breton, et le soir même, à la
tombée, nous vîmes arriver au château, sous
des déguisements divers de colporteurs, de
mendiants, de rémouleurs et de marchands de
parapluies, — car cette guerre de chouans était
nocturne et masquée,—une grande quantité de
nos gens, qui, au premier bruit de la prise de
Des Touches, s'étaient juré de le délivrer ou
d'y périr.

Il en vint même trop. Ce fut une folie que
ce grand nombre, dirigé sur un point unique
et venant aboutir à Touffedelys. Mais cela
vous donnera une idée de l'importance du chevalier Des Touches, que les chouans, qui
avaient la prudence au même degré que la
bravoure, aient pu compromettre un instant,
par un zèle trop vif, l'existence d'un quartier
général, aussi commode, pour des guérillas
comme eux, que le château de Touffedelys ?

Vous ne vous doutez pas, monsieur de
Fierdrap, ni vous non plus, mon frère, de ce

que, dans l'intérêt de notre cause et de ses
défenseurs, nous avions fait de Touffedelys ; et
si je ne vous le disais pas, mon histoire serait
incomplète. Nous avions transformé ce vieux
château démantelé, sans pont-levis et sans
herse, qui n'était plus depuis longtemps un
château-fort, mais qui était encore une noble
demeure, en un château humilié et paisible auquel la République pouvait pardonner. Nous en
avions fait combler les fossés, baisser les murs,
et si nous n'en avions pas abattu les tourelles,
nous les avions du moins découronnées de
leurs créneaux, et elles ne semblaient plus que
les quatre spectres blancs des anciennes tourelles décapitées! Partout où elles brillaient
autrefois, sur la grande façade du château,
dans les coins des plafonds, sur les hautes
plaques des cheminées, et jusque sur les
girouettes des toits, nous avions fait effacer
ces armoiries charmantes et parlantes des
Touffedelys, qui portent, comme vous le savez,
de *sinople à trois touffes de lys d'argent*, avec
la devise au jeu de mots héroïques : ILS NE
FILENT PAS. Hélas! les pauvres lys, ils avaient
filé ! Ils s'en étaient allés jusque de ce jardin
où, de génération en génération, on en culti-
vait d'immenses corbeilles qui faisaient de
loin ressembler le vaste parterre à une mer
couverte de l'albâtre de ses écumes! Nous

avions partout remplacé les lys par des lilas.

Des lilas, c'est peut-être des lis en deuil ?
Oui, nous avions accompli tous ces sacriléges,
nous avions consommé toutes les petites bas-
sesses de la ruse qui joue la soumission résignée pour conserver à nos amis ce lieu de
réunion et d'asile, doux et désarmé comme son
nom, qui semblait la maison de l'Innocence,
et dans laquelle on voyait moins les hommes
et les armes derrière ces robes de femmes qui
y flottaient toujours. Excepté les jardiniers, il
n'y avait que des femmes à Touffedelys. Nous
étions servis par des femmes.

C'est à l'aide de toutes ces précautions, de
toutes ces coquetteries de douceur que nous
avions pu faire de notre nid de palombes
effrayées une aire momentanée pour ces aigles
de nuit qui s'y abattaient comme Des Touches
et comme *M. Jacques.* Seulement, vous le
comprenez bien, la sécurité de tout cela n'existait qu'à la condition que les chouans qui
s'abouchaient là pour comploter leur guerre
d'embuscade n'y fussent jamais très-nombreux.

La prise de Des Touches fut l'unique dé-
rogation qui ait été faite à cette règle. Mais
les chefs comprirent l'imprudence d'une grande
réunion, et ils *égaillèrent* leurs hommes. Quand
un pays tout entier est hostile, les petites
troupes valent mieux que les grandes. Elles

sont plus résolues, leurs efforts plus ramassés
et plus puissants, leur action plus rapide, leur
marche plus cachée. Quelques hommes suffi-
saient pour enlever Des Touches, et ceux
qu'on choisit à Touffedelys étaient hommes à
aller le reprendre sous le tranchant de la guillotine ou à la gueule de l'enfer... Ce sont
ceux-là que depuis on a appelés les *Douze,* et
qui ont perdu dans ce nom collectif des *Douze*
leur nom particulier, que personne ne sait à
cette heure.

— Parfaitement vrai! dit M. de Fierdrap
intéressé, qui décroisa ses jambes de cerf, et
refit, en sens inverse, l'X qu'elles formaient.
Nous n'avons pas entendu dire un seul de
leurs noms en Angleterre, n'est-ce pas, l'abbé?
et Sainte-Suzanne lui-même ne les savait
pas.

— Et quand celle qui vous raconte cette
histoire, au coin du feu, dans cette petite ville
endormie, reprit mademoiselle de Percy, sera
couchée dans sa bière, sous sa croix, dans le
cimetière de Valognes, il n'y aura plus personne pour dire ces noms oubliés à personne...
Ceux qui les ont portés étaient trop fiers pour
se plaindre de l'injustice ou de la bêtise de la
gloire.

Aimée, que vous voyez d'ici, abîmée en
elle-même bien plus que dans sa broderie,

s'est absorbée dans son *M. Jacques,* et Sainte
et Ursule de Touffedelys ne vous diraient
peut-être pas tous les douze noms des *Douze,*
mais moi, je le puis, je les sais ! Et, après ma
mort, — ajouta-t-elle, presque belle d'enthousiasme mélancolique, elle, qui n'était qu'un
laideron joyeux, — tout le temps que je ne
serai pas tout à fait dissoute en poussière, on
n'aura qu'à ouvrir mon cercueil pour les savoir,
ces noms qui méritaient la gloire et qui ne
l'ont pas eue ! On les trouvera dans mon
cœur.

V

La première expédition.

E château de Touffedelys, — con-
tinua mademoiselle de Percy, après
un moment de silence ému, que les
personnes qui l'entouraient avaient
respecté, — n'était pas à beaucoup
plus de trois heures de marche d'Avranches,
pour un homme allant d'un bon pas. En-
touré du côté de cette ville des masses profondes de ces grands bois, dans lesquels les
chouans aimaient à se perdre pour se retrouver
dans leurs clairières, et du côté opposé par ces
espèces de dunes mouvantes nommées *bougues*,
qui aboutissaient à la mer et à ces falaises
dont les hautes et étroites jointures avaient été
souvent, pour Des Touches et son esquif, des
havres sauveurs ; ce château, qui avait le double
avantage des bois et de la mer, fut choisi naturellement par les Douze comme point de re-

traite ou de refuge dans l'expédition qu'ils pro-
jetaient, et il fut convenu parmi eux qu'on y
ramènerait le chevalier Des Touches, si on
parvenait à l'enlever.

— Mais leurs noms, mademoiselle, leurs
noms ! dit M. de Fierdrap qui, de curiosité et
d'impatience, piétinait le parquet de son pied
guêtré.

— Leurs noms ! baron ! répondit la conteuse,
ah ! n'allez pas croire que je pense à vous les
cacher ! Je suis trop heureuse de les dire. Il y
a eu assez d'anonymes et de pseudonymes
comme cela dans cette guerre de sublimes dupes
que nous avons faite, et, par la mort-Dieu ! je
n'en veux plus ! Croyez-le bien, vous m'en au-
riez laissé le temps qu'ils auraient tous trouvé
leur place dans l'histoire que je vous raconte,
mais puisque vous le désirez, je m'en vais vous
les défiler, tous ces noms, tous ces grains d'un
chapelet d'honneur qu'après moi ne dira plus
personne ! Écoutez-les : C'étaient La Varesnerie, La Bochonnière, Cantilly, Beaumont,
Saint-Germain, La Chapelle, Campion, Le
Planquais, Desfontaines et Vinel-Royal-Aunis,
qui n'était que Vinel, en son nom, mais qui
s'appelait Royal-Aunis, du nom du régiment
dans lequel il avait été officier. Les voilà tous,
avec Juste Le Breton et *M. Jacques !* Comme
M. Jacques, dont le nom vrai s'est perdu sous

le sobriquet de bataille, ils avaient tous aussi
leur nom de guerre, pour cacher leur véritable
nom et ne pas faire guillotiner leurs mères ou
leurs sœurs, restées à la maison, et trop vieilles
ou trop faibles pour faire, comme moi, la guerre
avec eux.

En entendant ces noms, qui n'étaient pas
tous des noms nobles cependant, prononcés par
un sentiment si profond qu'il donnait presque
à cette vieille fille, coiffée de son baril de soie
jaune et violet, la majesté d'une Muse de l'histoire, l'abbé de Percy et M. de Fierdrap eurent,
d'instinct de sang, le même mouvement de
gentilshommes. Ils ne pouvaient pas se découvrir, puisqu'ils étaient tête nue, mais ils s'inclinèrent à ces noms d'une troupe héroïque,
comme s'ils avaient salué leurs pairs.

— Par la pêche miraculeuse ! clama le baron
de Fierdrap, il me semble que j'en connais plusieurs, de ces noms-là, mademoiselle ! Et même,
—ajouta-t-il, tombant dans la rêverie et comme
cherchant dans le fouillis de ses souvenirs, —
et même aussi je crois avoir rencontré, je ne
sais plus trop où, plusieurs de ceux qui les
portèrent. La Varesnerie, Cantilly, Beaumont,
je les ai connus. Seulement lorsque je les ai
rencontrés, ni allusion, ni mot d'eux ou de personne ne m'a averti une seule fois que j'avais
là, devant moi, de ces hardis partisans qui

avaient délivré Des Touches !... Mais, mademoiselle, — fit-il encore en se ravisant, — je
vous demande pardon, je n'y pensais pas... En
fait de héros, les chouans comptaient donc treize
à la douzaine, puisque vous n'avez pas dit votre
nom parmi le nom des Douze, et que pourtant
vous en étiez.

— Non, répondit la vieille historiographe
sans plume, et qui ne l'était que de bec, je
n'en étais pas, monsieur de Fierdrap. Je ne fus
point de la première expédition des Douze ; je
n'ai été que de la seconde, et vous saurez pourquoi tout à l'heure, si vous me permettez de
continuer.

La première ne parut d'abord douteuse à
personne. On ne comptait, pour toute garnison
à Avranches, que ce bataillon de Bleus, qui
avaient pris Des Touches et l'avaient amené à
la prison de cette ville, la plus rapprochée de
l'endroit où ils l'avaient surpris et capturé, car,
vertu de ma vie ! lorsqu'on parle de ce Des
Touches, qui valait bien dans ce moment-là le
prix d'un vaisseau de ligne pour le roi de
France, on peut bien, ma foi ! dire capturé. Des
Touches n'était pas un simple prisonnier, c'é-
tait une capture ! Juste Le Breton se cassait la
tête pour savoir comment ils avaient pu le
prendre, lui, ce Samson sans Dalila ! lui, *la
Guêpe,* lui, le farfadet ! Mais le fait était là...

Il avait été pris ! Juste disait l'avoir vu entrer
dans Avranches, porté au centre du bataillon
des Bleus massés autour de lui, armes chargées.
Il l'avait vu ayant aux poings des chaînes en
fer au lieu de menottes, bâillonné avec une
baïonnette qui lui coupait les coins de la bouche ; durement couché sur une civière de fusils,
aux canons desquels on l'avait bouclé avec des
ceinturons de sabre, et moins fou de fureur de
tous ces supplices que de sentir contre son visage
le contact du drapeau exécré de la République,
dont, en marchant, ces Bleus insolents souffle-
taient, pour l'humilier, son front terrible. Certes,
de tels gens défendraient avec acharnement le
chevalier Des Touches contre ceux qui tente-
raient de le leur reprendre ; mais il n'y avait en
somme, avec eux, qu'une brigade de gendarmerie et une garde nationale mal armée, qui
comptait, disait-on, un grand nombre de royalistes dans ses rangs. Enfin ce qui donnait surtout à nous autres le grand espoir de réussir,
c'est qu'il allait y avoir le lendemain, à Avranches, une grande foire de bœufs et de chevaux
qui durait trois jours, et que, d'une vingtaine
de lieues à l'entour, il viendrait s'emplir et s'ac-
cumuler, dans cette petite ville proprette, une
masse compacte de bêtes et de gens, qui ren-
drait la surveillance d'une police bien plus difficile, et qui devait augmenter épouvantable-

ment le désordre à l'aide duquel on voulait exécuter l'enlèvement. Il s'agissait, en effet, de provoquer une de ces rixes qui sont contagieuses, qui finissent par entraîner les plus calmes dans la violence électrique de leur tourbillon. Les Douze eurent bientôt leur plan fait... Ils quittèrent Touffedelys un à un, et gagnèrent Avranches par les bois. Pour n'être pas reconnus, ces hommes suspects, et déconcerter l'œil allumé des espions de la République, ils avaient résolu d'entrer dans la ville par douze côtés différents, habillés en blatiers, vêtus comme eux de vareuses blanches et coiffés de ces grands chapeaux, dits *couvertures à cuve,* qui engloutissent une figure comme dans l'ombre d'une caverne. Ils les avaient saupoudrés de fleur de farine.

« — Puisque nous ne pouvons pas porter l'autre, ce sera toujours une espèce de cocarde blanche, à laquelle nous nous reconnaîtrons dans la foule, avait dit Vinel Royal-Aunis. »

Il n'y avait pas eu moyen d'emporter des fusils ou des carabines. Mais quelques-uns d'entre eux avaient glissé dans une ceinture, sous leur vareuse blanche, des couteaux et des pistolets... Tous, du reste, tous s'étaient ceints, de l'épaule à la hanche, de ce redoutable fouet des blatiers, lesquels ont presque toujours deux ou trois chevaux chargés de sacs de blé ou de

farine à conduire ; arme effroyable, au manche
durci au feu, faite de lanières de cuir tressées,
avec une mordante *courgée* de six pouces, dont
chaque coup creusait un sillon, et, à la main,
ils avaient le *pied de frêne* familier à toute
main normande, le bâton-massue de la Normandie, avec lequel des hommes de ce poignet
et de cette vaillance auraient pris, Dieu me
damne ! des pièces de canon !

C'est armés ainsi que nous les vîmes partir. Ils s'égrenèrent et disparurent isolément
dans les bois, comme s'ils allaient à la pipée.
Et ils y allaient en effet, à une pipée sanglante !
M. Jacques partit le dernier. Ses blessures, son
amour pour Aimée, la pensée mystérieuse qui
semblait lui manger le cœur, — car pourquoi
être triste comme il l'était, avec l'amour d'Aimée, avec la possession certaine de cette mer-
veille d'âme et de corps qui lui avait juré d'être
sa femme à son retour ? — toutes ces choses
avaient-elles énervé l'énergie, prouvée en tant
de rencontres par *M. Jacques ?*... Sa belle fiancée alla le conduire à plus d'une demi-lieue
dans les bois, jusqu'à ce vieil abreuvoir, où une
source claire bleuissait sur un fond d'ardoises
et qu'on appelait « la Fontaine-aux-Biches »,
parce qu'entre deux battements de cœur et dans
le crochet d'une course forcée, les biches venaient en aspirer, en frissonnant, l'eau frisson-

nante. Quand Aimée revint seule à Touffedelys, ah! elle fut bien de Spens!... Elle fut bien
d'une race où les femmes ne pleurent pas, parce
que les hommes sont à la guerre! Nous ne lui
surprîmes pas une larme, mais son front d'au-
rore était devenu pâle comme l'écorce d'un bou-
leau. J'en eus plus pitié que les autres. Vous
savez, j'étais la chirurgienne-major. Je savais
toucher les blessures. Pour donner de la force à
ce cœur qui saignait et ne se plaignait pas, je
lui dis sans savoir ce que je disais, et comme
si j'avais eu le sort dans ma main, mais ce
n'est jamais qu'avec des mots insensés qu'on
peut apaiser les âmes folles!

« — N'ayez peur, Aimée! dans quatre jours,
ils seront tous ici pour votre mariage, et Des
Touches sera votre témoin! »

Dieu de ma vie! à ce mot de *témoin*, de la
pâleur de l'ivoire vert son teint passa comme
un éclair à la pourpre d'un incendie. Son front,
sa joue, son cou, ce qu'on apercevait de ses
épaules, jusqu'à la raie nacrée de ses étincelants
cheveux d'or, tout s'infusa, s'inonda de ce subit
vermillon de flamme; et c'était à se demander
si tout ce qu'on ne voyait pas de sa personne
se colorait comme ce qu'on voyait, tant cette
rougeur semblait partout! tant elle en était im-
mergée!

C'était toujours la même question. Pourquoi rougissait-elle ?... Mort de mon âme ! me dis-je en moi-même, je ne suis guère qu'un homme manqué, et on le voit à ma figure ; mais homme manqué ou non, je veux bien que le diable m'emporte sans confession, si je suis assez femme pour comprendre cela.

— Eh ! eh ! dit l'abbé, je suis obligé de t'avertir que tu n'es plus au temps de tes dragonnades au clair de lune, et que tu continues à jurer comme un dragon, mademoiselle ma sœur !

— Influence des temps de guerre civile sur les époques calmes ! — répondit-elle avec une brusquerie comique, en riant dans ses moustaches grises ébouriffées... — Tu es plus sévère que le curé d'Aleaume, l'abbé ! Est-ce que je ne me suis pas battue, assez de temps, en l'honneur de Dieu et de sa sainte Église, pour qu'il ne puisse me passer très-bien de mauvaises habitudes, contractées à son service, et qu'il ne s'en formalise pas ?...

— Vous me rappelez, mademoiselle, dit alors M. de Fierdrap, le mot fameux de Louis XIV après la bataille de Malplaquet : « J'avais, dit-il, rendu à Dieu assez de services pour avoir le droit d'espérer qu'il se conduirait mieux avec moi. »

— Et il ne fut jamais, repartit vivement l'abbé, meilleur chrétien que quand il a dit

cela, Louis XIV ! c'est moi qui te le certifie,
Fierdrap, moi, qui suis un ancien docteur de
Sorbonne ! La foi sincère a souvent de ces fami-
liarités avec Dieu, que des sots prennent pour
des irrévérences ridicules, et des âmes de la-
quais ou de philosophes pour de l'orgueil. Laissons jaboter ces gens-là. Mais entre nous autres
gentilshommes, à qui le respect pour le roi n'a
jamais ôté, que je sache, l'aisance avec le roi...

— C'est toi qui interromps maintenant ! fit
M. de Fierdrap, enchanté de rendre sa petite
leçon à l'abbé et de lui *couper* sa théorie ; laisse
donc ta théologie et ta Sorbonne, et vous, mademoiselle, ajouta-t-il avec une déférence flat-
teuse, puisque c'est pour moi particulièrement
que vous racontez cette histoire, je vous écoute
de mes deux oreilles, et je regrette de n'en avoir
pas quatre à vous offrir ; daignez continuer !

Elle fut flattée et se panacha, et les ciseaux
ayant un peu *battu aux champs* sur le guéridon
de vieille laque, elle reprit :

— Aimée rentra bientôt dans sa pâleur
d'âme en peine. Elle devait, en effet, plus souffrir que nous pendant les trois jours qui sui-
virent le départ des Douze. Nous ! nous n'avions
pour les Douze, et même pour le chevalier Des
Touches, que le genre d'affection et de sympathie qu'on a, quand on est femme et jeune,
pour de nobles jeunes hommes dévoués à leur

cause, une cause qui représentait l'honneur, la
religion, la royauté, cette triple fortune de la
France, et qui pour elle s'exposaient journelle-
ment à mourir. Nous avions pour ces Douze
l'intérêt véhément qu'on se porte entre gens de
même parti et de même drapeau ; mais enfin nos
cœurs n'étaient pas pris comme celui d'Aimée
et le coup de fusil d'un Bleu ne pouvait pas y
atteindre à travers un autre cœur ! Nous nous
préoccupions sans doute de l'événement qui devait se produire à Avranches, nous en attendions
l'issue avec anxiété, moi, surtout, dont le sang
a toujours été turbulent dans mes grosses veines,
quand il s'est agi de coups à donner et à recevoir !

Mais ce n'étaient pas là, ce ne pouvaient
pas être les transes d'Aimée. Elle ne les disait
pas. Elle engloutissait ses tortures dans ce
cœur qui a tout englouti ; mais je les devinais
à la fièvre de ses mains brûlantes, au feu sec
de ses regards. Une fois, pendant ces jours d'a-
larme où nous vivions dans l'ignorance et l'in-
certitude sur le destin de nos amis, je fus obligée
de lui arracher son feston, car elle coupait avec
ses ciseaux dans la chair de ses doigts, croyant
couper autour de sa broderie, et le sang coulait
sur ses genoux sans qu'elle sentît, dans sa préoccupation hagarde, qu'elle se massacrait ses
belles mains ! Je finis par ne plus la quitter.

15

Nous ne nous parlions pas, mais nous restions
les mains étreintes à nous regarder fixement
dans les yeux. Nous y lisions la même pensée,
la question éternelle de l'inquiétude : « A présent que font-ils ? » cette question à laquelle on
ne répond jamais, car si on pouvait y répondre,
on ne la ferait pas, et ce ne serait plus l'inquiétude ! A quel travail de vrille cet horrible
sentiment ne se livre-t-il pas dans nos cœurs ?
Pour nous soustraire à ce rongement perpétuel,
à ce creusement sur place, qu'on croit diminuer
en s'agitant, nous allions ensemble sur la route
qui passait au pied du château de Touffedelys,
espérant y rencontrer quelque roulier, quelque
marchand forain, quelque voyageur quelconque
qui nous donnerait des nouvelles, qui nous par-
lerait de cette foire d'Avranches où se jouait un
drame qui, pour nous, pouvait être une tragé-
die! Mais ce mouvement que nous nous don-
nions était inutile.

Ceux qui, des paroisses circonvoisines, avaient
eu affaire à la foire étaient passés et ils n'en
revenaient pas encore ! Les routes étaient désertes. On ne voyait poindre personne au
bout de leur long ruban blanc solitaire. Nulle
âme qui vive n'apparaissait sur cette ligne
droite qui s'enfonçait dans le lointain, et ne
venait nous dire ce qui se faisait tout là-bas,
derrière l'horizon, du côté de cette ville dont on

n'apercevait rien dans les fumées de l'éloignement, et d'où nous croyions quelquefois, à l'in-
tensité de notre attention, à l'effort de nos
oreilles pour recueillir la moindre des ondes
sonores qui agitait l'espace, entendre sonner et
bourdonner comme un bruit vague de cloches
lointaines! Illusion de nos sens qui nous trom-
paient à force de se tendre! Il n'y avait pas
même de cloches en ce temps-là. On les avait
descendues de tous les clochers, et on les avait
fondues en canons pour la République. On ne
sonnait donc pas, ce n'était donc pas le tocsin.
Nous rêvions, les oreilles nous tintaient. Et si
la générale battait, la générale, ce tocsin du
tambour! il nous était impossible d'en démê-
ler les sons contre le vent, à cette distance, au
milieu de tous ces bruissements d'insectes et
de ces mille fermentations de la terre qui
semble sursurrer, sous nos pieds, à certains
jours chauds, et nous étions dans ces jours-là!
Ah! nous nous dévorions... moi, de curiosité,
elle, d'angoisse. Lasses d'écouter à fleur de
sol, et de regarder sur cette route abandonnée et muette, allongée platement dans son
immobile poussière, nous voulions parfois écouter et voir mieux, écouter de plus haut et voir
plus loin, et nous montions alors sur la plate-
forme la plus élevée des tourelles, et nous regardions de là, oh! nous regardions de tous nos

yeux! Mais nous avions beau les allonger et
les écarter sur les longs massifs de bois qui
s'étendaient indéfiniment du côté d'Avranches,
nous ne voyions jamais que des abîmes de
feuillage, que des océans de verdure, sur lesquels le regard lassé se perdait... De l'autre
côté, entre deux récifs, c'était la mer bleue s'é-
tendant lentement comme une huile lourde sur
la grève silencieuse, sans une seule voile qui
piquât d'un flocon blanc et animât son azur
monotone! Et ce calme de tout, pendant que
nous étions si agitées, redoublait nos agitations, agaçait nos nerfs par cette indifférence
des choses, et, par moments, nous jetait dans
l'état suraigu qui doit précéder la folie!

La nuit même, nous restions perchées sur
le haut de notre tourelle, cet observatoire d'où
l'on ne voyait rien, si ce n'est le ciel, que nous
ne regardions seulement pas! genre de supplice auquel nous revenions, parce qu'à chaque
instant, nous nous imaginions qu'il allait ces-
ser. Le soir du deuxième jour de cette foire
d'Avranches, qu'on appelait, je crois, la *Saint-
Paterne,* et qu'ils ont pu, depuis, appeler la
Flambée, nous vîmes, en tressaillant, monter à
l'horizon une longue flamme rouge, et des tour-
billons de fumée épaisse, apportés par le vent,
déferlèrent et s'étagèrent sur la cime des bois
que la lune tranquille éclairait.

— Aimée, lui dis-je, c'est le feu! Nos
hommes brûleraient-ils Avranches pour ravoir
Des Touches? Il vaut bien Avranches! Ce serait beau!

Nous écoutâmes... et, pour cette fois, nous
crûmes entendre, mais nous avions la tête
montée, des cris indistincts, et comme une
masse de sons confus qui seraient sortis d'une
ruche immense! Mon oreille de chouanne exer-
cée, car j'avais déjà fait la guerre et je me
connaissais à la musique de la poudre, cherchait à distinguer les coups de fusil sur la basse
continue de ce grand tumulte éloigné et as-
sourdi par l'éloignement; mais, tonnerre de
Dieu! je n'étais sûre de rien... Je ne distin-
guais pas! Je m'étais penchée sur la plate-
forme! J'avais mis la tête hors de mon capu-
chon granvillais, que j'avais pris contre le froid
de la nuit pour monter si haut, et tête nue,
l'oreille au vent, l'œil à la flamme qui se réver-
bérait en tons d'incarnat dans les nuées, calcu-
lant que si c'était Avranches qui brûlait, dans
deux heures, pas une minute de plus, le temps
juste pour revenir à Touffedelys, ils y seraient
de retour, vainqueurs ou vaincus, je le dis
vivement à Aimée...

« J'avais calculé avec une précision militaire.
Juste deux heures après..., nous haletions toujours sur notre plate-forme, et nous voyions

s'éteindre le feu lointain, ce feu qui n'était pas
l'incendie d'Avranches, car Avranches à brûler
aurait demandé plus de temps, voilà que tout
à coup nous entendîmes sous nos pieds, au
bas de la tourelle, le *hou-hou* mesuré de la
chouette, et, magie de l'amour! Aimée reconnut tout de suite de quelles paumes de mains
était parti ce *hou-hou,* qui me parut sinistre, à
moi, tant il était plaintif! et qui lui parut
joyeux et triomphant à elle, parce qu'il lui
annonçait l'homme qui était devenu sa vie, et
qui lui rapportait la sienne!

— C'est lui! s'écria-t-elle, et nous descendîmes de la tourelle avec la rapidité de deux
hirondelles qui plongent d'un toit vers le sol.

Et en effet, c'était *M. Jacques! M. Jacques,*
le visage noirci, les cheveux brûlés, l'air d'un
démon ou plutôt d'un damné, échappé de l'enfer, car les démons y restent...

— Ah! lui dis-je, incorrigible, toujours
prête à rire, même dans les malheurs! parti
blanc comme un sac de farine, revenu noir
comme un sac de charbon!

— Oui, répondit-il en mordant sa lèvre,
noir de deuil! Le deuil de la défaite! Le coup
a manqué, mademoiselle... Il faut recommencer demain.

Le coup était manqué, et pourtant, —
reprit la vieille chouanne animée de plus en

plus et montrant une verve qui fit prendre à
l'abbé son frère voluptueusement une prise de
tabac, — pourtant l'affaire n'avait pas été mal
menée, comme vous allez pouvoir en juger,
monsieur de Fierdrap...

... C'est midi sonnant, au plus fort du
tohu-bohu de la foire, que les Douze entrèrent
dans Avranches. Ils y marchèrent d'abord vers
le champ de foire, éparpillés, nonchalants,
flânant, les bras ballants, guignant les sacs de
blé ou de farine mis à cul sur le sol, déficelés
et ouverts, pour que l'acheteur jugeât la mar-
chandise, jouant leur rôle de blatiers qui ont
le temps d'acheter, qui ne se pressent pas, qui
attendent en vrais Normands que les prix flé-
chissent ; mais du fond de leurs grands chapeaux rabattus qui leur tombaient sur les
épaules, se reconnaissant, se comptant, se cou-
doyant, et sentant le coude ami qui frémissait
contre leur coude. Ils nous dirent plus tard ces
détails et ces sensations... Il y avait, et cela
leur parut de bon augure, un monde fou à la
foire de cette année-là ! La ville encombrée
était pleine de gens, d'animaux et de voitures
de toute forme et de toute grandeur. Les
auberges et les cabarets regorgeaient d'Auge-
rons, de bouviers, de porchers qui amenaient
leurs bêtes pour la foire, et dont les troupeaux
s'amoncelaient dans les rues, rendant le passage

impossible, bouchant la porte des maisons,
menaçant les fenêtres des rez-de-chaussée,
qu'on avait, dans beaucoup d'endroits, calfeu-
trées de leurs contrevents, par peur d'enfonce-
ment des vitrages sous la corne de quelque
bœuf en courroux ou la croupe reculante de
quelque cheval effaré. Un instant retardées par
leur accumulation aux angles des rues, au
resserrement des venelles et aux tourniquets
des carrefours, ces puissantes troupes de bœufs
et de chevaux reprenaient bientôt leur marche
lente sous les *pieds de frêne* de leurs conduc-
teurs, et s'avançaient serrés si dru les unes
contre les autres, qu'on eût dit un fleuve qui
coulait. Le mouvement de ces masses de bêtes
et de gens se faisait surtout dans un sens,
dans la direction du champ de foire, qui était
la place du marché, à l'un des angles de laquelle s'élevait la prison où était renfermé Des
Touches.

Il semblait que ce fût là une circonstance
menaçante pour le dessein des Douze, que
cette foule épaisse qui, ceignant la prison de
tous les côtés, augmentait naturellement la
difficulté d'y pénétrer ou d'en sortir ; mais cela
leur parut, au contraire, un heureux hasard, à
ces énergiques cœurs, tournés à l'espérance !
Avec le génie des petites troupes résolues,
n'avaient-ils pas toujours compté, pour faire

leur coup, sur l'entremêlement du grand nombre, dont il est aisé de faire un chaos ? D'ailleurs, il y avait cela d'absolument bon dans
cette circonstance de la situation de la prison
sur le champ de foire, que le bataillon de
Bleus qui y avait conduit Des Touches, et qui,
tout à côté, s'y était bâti avec des planches un
corps-de-garde, avait été obligé de transporter
ce corps-de-garde à l'autre extrémité de la
place et de dégager un endroit spécialement
réservé aux chevaux de la foire, qu'on rangeait
contre la longue muraille de la prison, dans
toute sa longueur, et qu'on attachait par de
gros anneaux en fer, scellés entre les fortes
pierres... D'abord ces Bleus avaient fait des
façons, vous vous en doutez bien, quand on
leur avait signifié d'aller planter ailleurs leur
corps-de-garde. Ils n'avaient qu'une idée, eux,
c'est que Des Touches pouvait s'échapper !
Mais les tranquilles Normands qui, dans toute
autre circonstance, pourraient s'en laisser im-
poser par répugnance pour le *dérangement*,
conséquence de toute lutte, ne s'en laissent
plus conter et ne craignent plus leur peine
quand le moindre intérêt est en jeu, et sur-le-
champ, voilà qu'ils redeviennent les âpres
contendants connus, les chicaneurs terribles
dont le cri de guerre sera jusqu'à leur dernier
soupir : *Gaignaige !* L'écurie en plein vent

16

rapportait de l'argent à la ville. Puis c'était là
une coutume autant qu'un péage. Coutume et
péage, toute la Normandie tient dans ces
deux mots! Les Bleus virent qu'ils ne seraient
pas les plus forts.... Ils avaient dégagé la
prison.

Cette prison, monsieur de Fierdrap, nos
douze blatiers eurent tout le temps de la regarder et de l'étudier en gens de guerre, de la
place du marché qu'elle dominait, et qui était
alors couverte de tentes, rangées en file
comme les maisons des rues, entre lesquelles
s'agitait et écumait le flot de la population
foraine, aux rayons d'un soleil cuisant, qui
était aussi un avantage, car il faisait bouillir
ce tas de cerveaux, excités déjà par le débat
des prix et le cidre en bouteille, qui allument
si bien les têtes normandes, ces têtes que, ce
jour-là précisément, il fallait faire sauter comme
des poudrières, si on voulait enlever Des
Touches! Là étaient, en effet, tout le secret et
le moyen de l'enlèvement. Jeter, n'importe
comment, toute cette multitude, les uns contre
les autres, à travers les tentes renversées et les
animaux fous d'épouvante! Et, pendant cette
immense ruée qui pouvait prendre les proportions d'une bataille d'aveugles et devenir une
tuerie, se glisser à trois ou quatre dans la prison, y délivrer le chevalier et se replier vive-

ment sur les bois; tel était le plan, simple
et hardi, convenu à Touffedelys, mais que
l'aspect de la prison pouvait cependant mo-
difier.

— Hure de saumon! je le crois bien! fit en
s'exclamant le baron de Fierdrap; je la connais, votre prison, mademoiselle. J'ai eu longtemps à Avranches un vieux compagnon de
l'armée de Condé, qui s'appelait le chevalier de
la Champagne, lequel, revenu au pigeonnier
comme moi, et n'ayant plus de poudre à brûler, s'était mis à aimer les vieilles pierres,
comme, moi, je me suis fourré à aimer le poisson. Eh bien, c'est à lui que je dois ma connaissance de la prison d'Avranches, car il m'a
assez trimballé, le damné maniaque d'anti-
quaire qu'il était! par les escaliers en colimaçon
de cette forteresse, pour que je me la rappelle
parfaitement, et que les jambes me chantent
encore une chansonnette en pensant à la hauteur de ses deux tours qui résisteraient, Dieu
me pardonne! à du canon.

— Oui, reprit mademoiselle de Percy, ces
deux tours étaient formidables. Reliées ensemble par d'anciens bâtiments, faisant poterne,
elles étaient flanquées de constructions, d'une
date plus récente, qui, certes, n'auraient pas
résisté à une attaque vigoureusement poussée,
mais avec les tours! les massives tours qui les

épaulaient... bernicle ! En les examinant, les
Douze comprirent qu'on ne pouvait pénétrer
là dedans que par stratagème... Il fallait ruser !
Ce fut Vinel-Royal-Aunis qui fut chargé de la
geôlière, car (encore un bonheur, à ce qu'il
semblait, pour les Douze) il n'y avait pas de
geôlier. Seulement, monsieur de Fierdrap, à la
guerre, le hasard est souvent un traître. Vous
verrez tout à l'heure que la geôlière de la
prison d'Avranches pouvait faire tête d'homme
et même plus ! On la nommait la Hocson.
C'était une femme de quarante-cinq à cinquante ans, sur qui avaient couru dans le
temps des bruits dont on n'était pas sûr, mais
épouvantables. On avait dit, entre le haut et
le bas, qu'elle avait été poissarde au faubourg
du Bourg-l'Abbé, à Caen, et qu'elle avait
goûté au cœur de M. de Belzunce, quand les
autres poissardes du Bourg-l'Abbé et de Vaucelles avaient, après l'émeute où il fut massacré, arraché le cœur à ce jeune officier et
l'avaient dévoré tout chaud... Était-ce vrai,
cela ? On en doutait, mais il paraît que la
figure de la Hocson ne démentait pas ces
bruits affreux. Son mari, jacobin violent, était
mort dans l'exercice de ses fonctions de geôlier
à Avranches, et elle lui avait succédé. Louve
sinistre, devenue chienne de garde de la
République, ce fut à Vinel-Aunis qu'il échut

de l'apprivoiser... Cela ne devait pas être
facile. Mais Vinel-Aunis était Vinel-Aunis!
Son surnom parmi nous était *Doute de rien !*
et il le portait comme un panache! Il passait
pour ce que l'on appelle un *loustic* de régiment, mais il était, par-dessus le marché, un
beau garçon bien découplé, d'une tournure
d'officier superbe, et qui, pour l'instant, faisait
un blatier très-faraud aux larges épaules, comptant sur trois choses qu'il estimait irrésistibles,
même séparées : primo, par Dieu! ses avantages physiques! secundo, une langue à laquelle il faisait tout dire et comme de ma vie
je n'en ai revu une pareille à personne ; et
tertio, une bonne poignée d'assignats ! C'était
un gaillard toujours prêt à tout. Il n'avait
qu'un mot : A la guerre, disait-il, comme à la
guerre ! Probablement le morceau qu'on lui
jetait ne le ragoûtait pas, mais il sauta leste-
ment par-dessus ses répugnances. Il eut
l'aplomb de se présenter à cette geôlière
d'Avranches, dont la physionomie était aussi
atroce que la renommée, avec la fleur de fatuité
qu'en France les blatiers peuvent avoir comme
les officiers, et ce génie impayable de la Plaisanterie, qu'il avait développé dans Royal-
Aunis. Et malgré l'horreur très-légitime que
devait lui inspirer une créature qui pouvait
encore avoir aux lèvres du sang de Belzunce,

il débuta par s'élancer sur elle et par l'embrasser, paf! paf! paf! sur les joues, à la manière
normande, par trois fois!

— Et bonjour, ma cousine! — lui dit-il à
cette femme étonnée, figée d'étonnement et
qui se laissa faire de stupéfaction! — Comment
vous portez-vous, ma chère et honorable cousine?.. Vous ne me remettez donc pas?... Je
suis votre cousin Trépied de Carquebu, qui
n'a pas voulu venir à votre foire d'Avranches,
sans vous souhaiter bien des prospérités et
vous embrasser!

Il avait dit *Trépied,* cet improvisateur au
pied levé, parce qu'elle avait un trépied devant
elle, sur lequel elle récurait, avec une poignée
de paille, un chaudron!

En fait de trépied, je ne connais que *cha,*
fit-elle avec colère en lui montrant celui de
son chaudron, — et vous mériteriez bien que je
vous l'envoyasse par la figure pour vous punir
de vos insolentes *osteries,* méchant attrapeur!

Mais Vinel-Aunis n'était pas homme à
avoir peur d'un trépied manœuvré par la main
d'une vieille femme, et il prouva qu'il avait
raison de croire à sa langue, comme il disait,
car il soutint, mais *mordicus,* à la Hocson
qu'elle avait des parents de ce nom de Trépied
à Carquebu et qu'il était bel et bien de ces
Trépieds-là. Puis, il enfila une longue histoire

sur ces Trépieds de Carquebu, lesquels lui
avaient si souvent parlé de leur cousine d'A-
vranches, avant son départ, à lui, pour l'armée,
lors de la première Réquisition, que depuis
qu'il avait pu revenir à Carquebu reprendre le
fouet de blatier qu'avait toute sa vie fait cla-
quer son père, il s'était promis de profiter de
la première foire à Avranches pour venir saluer
sa cousine et faire connaissance et amitié avec
elle. Et, par ma foi ! il en dit tant, il eut l'air
si sûr de ce qu'il disait, il fut si précis dans
toutes les circonstances, il versa enfin à la
Hocson, restée le bec cloué et aplati devant
ce torrent de paroles, une telle douche de
phrases sur la tête, qu'en écoutant son cousin
Trépied, elle oublia l'autre, qu'elle laissa tranquille sous son chaudron, et qu'elle tomba
assise sur un banc, persuadée, domptée, con-
fondue ! Elle était si complétement hébétée
qu'elle finit même par inviter ce cousin, qui
lui tombait de Carquebu, à boire une chopine
et à manger du *cornuet* de la foire, et Vinel-
Royal-Aunis s'attabla. Il se crut maître de la
place. Il crut qu'il tenait son Des Touches !
Mais... il se trompait.

Il continuait cependant d'aller de cette langue
infatigable. Il but une chopine, puis un pot,
puis un autre pot, et voyant que la Hocson
buvait comme lui, aussi ferme que lui, deve-

nant plus sombre seulement à mesure qu'elle
buvait, mais restant froide sous ces libations
sans vertu, il voulut faire à sa cousine, l'aimable blatier, la politesse de l'eau-de-vie, et il
en envoya chercher au cabaret voisin par une
petite fille que la Hocson appelait : « la petiote
à son fils. » Mais cette femme, cette Hocson,
nous dit-il plus tard, à Touffedelys, était plus
difficile à mettre à feu que la prison d'Avranches, qui y était trois heures après. C'est que
cette femme, monsieur de Fierdrap, avait dans
le cœur ce qui empêche l'ivresse, l'ivresse qui,
dit-on (ceux qui boivent !), est un oubli, une
illusion, une autre vie dans la vie. Elle avait
un souvenir dans le cœur plus fort que l'i-
vresse, qui glaçait l'ivresse et que l'ivresse ne
noyait pas. Et ce n'était pas, non ! le souvenir
du sang de Belzunce, si réellement, comme on
le disait, elle y avait goûté, mais un souvenir
à tuer celui-là, à l'empêcher de penser même
à ce crime, et si elle l'avait commis, d'en
effacer le remords. C'était enfin, dans le fond
de son cœur une plaie si large, que toute la
mer changée en eau-de-vie pour la faire boire
à cette femme, dont l'âme entière n'était plus
qu'un trou de blessure, y aurait passé comme
dans un crible, sans rien engourdir et sans
rien fermer !

La pléthorique mademoiselle de Percy, que

son histoire oppressait, s'arrêta une minute
pour reprendre haleine ; mais l'abbé et le baron,
pris par l'histoire, restèrent silencieux. Ils ne
plaisantaient plus.

— Et si je vous parle ainsi de cette femme,
monsieur de Fierdrap, reprit mademoiselle de
Percy, si je m'arrête un instant sur cette créature qui était peut-être une scélérate, mais qui
ce jour-là eut aussi, comme les Douze, sa
grandeur, c'est que cette femme fut la cause
unique du malheur des Douze dans cette première expédition. Sans elle, et sans elle *seule*,
notez bien ce mot-là, pas le moindre doute
que les Douze, qui mirent si effroyablement
Avranches sens dessus dessous, dans ce jour
dont on se souviendra longtemps, n'eussent
repris le chevalier Des Touches ! Pour moi, je
le pense, ils auraient réussi. Mais elle leur
opposa une volonté aussi forte que ces mu-
railles de la prison qui étaient des blocs de
granit. Vinel-Aunis avait essayé de l'enivrer,
il essaya de la corrompre. Il s'y prit avec elle
comme on s'y prend avec tous les geôliers de
la terre depuis qu'il y a des geôliers ; mais il
trouva une âme imprenable parce qu'elle était
gardée par la haine, et la plus implacable
et la plus indestructible des haines, celle qui
est faite avec de l'amour. La Hocson avait eu
son fils tué par les chouans ; non pas tué au

17

combat, mais après le combat, comme on tue
souvent dans les guerres civiles, en ajoutant à
la mort des recherches de cruauté qui sont des
vengeances ou des représailles. Tombé dans
une embuscade, après une chaude affaire, où
les Bleus avaient couché par terre beaucoup de
chouans, car ils avaient avec eux une pièce de
canon, ce jeune homme avait été enterré vivant, lui vingt-quatrième, jusqu'à cet endroit
du cou qu'on appelait dans ce temps-là la
place du collier de la guillotine. Quand ils
virent ces vingt-quatre têtes, sortant du sol,
emmanchées de leurs cous, et se dressant
comme des quilles vivantes, les chouans eurent
l'idée horrible de faire une partie de ces
quilles-là avant de quitter le champ de bataille
et de les abattre à coups de boulets ! Lancé
par leurs mains frénétiques, le boulet, à chaque
heurt contre ces visages qui criaient quartier,
les fracassait en détail..., et se rougissait de
leur sang pour revenir les en tacher encore.
C'est ainsi que le fils Hocson avait péri. Sa
mère, qui avait su cette mort atroce, avait à
peine pleuré ;... mais elle nourrissait pour les
chouans une haine contre laquelle tout devait
se briser,... et Vinel-Aunis s'y brisa.

— Ah ! lui dit-elle, tu m'as donc gouail-
lée ! Tu n'es qu'un chouan, et tu viens pour le
prisonnier. Oh ! je n'ai pas peur que tu me

tues;—il avait pris un pistolet sous sa vareuse,
il y a longtemps que je désire la mort. Petiote !
cria-t-elle, va vite au corps-de-garde me chercher les Bleus !

— Je l'aurais bien tuée, nous dit Vinel-
Aunis, mais je ne savais pas même dans
laquelle des tours était Des Touches. Cela
aurait fait du bruit. J'aurais perdu du temps.

— Et il jeta un escabeau, qui se trouvait
là, dans les jambes de la petite pour l'empêcher de sortir, en la faisant tomber.

Mais le temps de son mouvement avait
suffi à la Hocson pour s'échapper par un couloir
noir comme de l'encre, où Vinel-Aunis se
perdit pendant qu'il l'entendait grimper quatre
à quatre l'escalier d'une des tours, ouvrir la
porte de la prison et s'y enfermer à la clef
avec le prisonnier.

— Diable ! fit M. de Fierdrap.

— Peste ! dit l'abbé.

— Or, pendant que tout ceci se passait à
la prison, continua la vieille amazone, qui ne
prit pas garde aux deux exclamations, — l'aiguille du cadran qui surmontait la façade de
la maison commune, sise au fond de la place
du Marché, arrivait au chiffre de l'heure mar-
quée par les Douze pour agir. Incapables,
quoi qu'il advînt, d'hésiter une minute, quand
une résolution était prise :

— C'est à nous de commencer la danse !
— dit gaiement Juste Le Breton à La Varesnerie.

Et ils entrèrent tous deux sous une des
tentes de la foire où il y avait le plus de
monde et où l'on buvait. Ils y entrèrent nonchalamment, mais ils avaient leurs bâtons
gauffrés à la main. Autour d'eux on n'avait
nulle défiance. Le monde qui était là resta, les
uns assis, les autres debout, quand Juste Le
Breton, s'approchant de la grande table de
ceux qui buvaient, coucha délicatement son
bâton sur une rangée de verres pleins jusqu'aux bords, et dit de sa voix, qu'il avait
très-claire :

— Personne ne boira ici que nous n'ayons
bu.

Tout le monde se retourna à cette voix
mordante, et les deux blatiers devinrent le
point de mire de mille regards, où l'étonnement annonçait une colère qui n'était pas
loin.

— Es-tu fou, blatier ? dit un paysan. Ote-
moi ton bâton de *delà!* et garde-le pour défendre
tes oreilles. - Et prenant par le bout le bâton
que Juste avait couché sur la rangée des verres,
mais qu'il tenait toujours par la poignée, il
l'écarta.

C'était là l'insulte que Juste cherchait. Il

ne dit mot, il resta tranquille comme Baptiste;
mais il releva subitement son bâton à bras
tendu par-dessus sa tête, et de cette main
qu'il avait aussi adroite que vigoureuse, il
l'abattit sur toute cette ligne de verres pleins,
en file, qu'il cassa d'un seul coup, et dont les
morceaux volèrent de tous les côtés dans la
tente. Ce fut le signal du branle-bas. Tout le
monde fut debout, criant, menaçant, mêlé
déjà, les pieds dans le cidre, qui coulait, en
attendant le sang. Les femmes poussaient ces
cris aigus qui enivrent de colère les hommes et
leur prennent sur les nerfs comme des fifres...
Elles voulaient fuir et ne pouvaient, dans cette
masse impossible à percer, et qui se ruait sur
les deux blatiers pour les étouffer.

— Vous avez eu l'honneur du premier coup
d'archet, monsieur ? — dit à Juste Le Breton
M. de la Varesnerie, avec cette élégante politesse qui ne le quitta jamais, — mais si nous
voulons exécuter tout le morceau, il faut que
nous tâchions de sortir de cette tente, où nous
n'avons pas assez d'espace pour faire seulement,
avec nos bâtons, un moulinet.

Et de leurs épaules, de leurs têtes et de
leurs poitrines, ils essayèrent de trouer cette
foule, compacte à crever les toiles de la tente,
où ce qui venait de se passer faisait accourir
du monde encore. Mais cette marée d'hommes

montant toujours, ils poussèrent alors, pour qu'on vînt les dégager du dehors, le cri que leurs amis, autour de la tente, attendaient comme un commandement :

« A nous les blatiers ! »

Ce dut être un curieux spectacle ! Les blatiers répondirent à ce cri par le claquement de leurs fouets terribles, et ils se mirent à sabrer cette foule avec ces fouets qui coupaient les figures tout aussi bien que des damas ! Ce fut une vraie charge, et ce fût aussi une bataille. Tous les *pieds de frêne* furent en l'air sur une surface immense. La foire s'interrompit, et jamais, dans nulle batterie de sarrazin, les fléaux ne tombèrent sur le grain comme, ce jour-là, les bâtons sur les têtes. Dans ce temps-là, la politique était à fleur de peau de tout. Le moindre coup faisait jaillir du sang dont on reconnaissait la couleur, à la première goutte. Le cri : « Ce sont les Chouans ! » partit de vingt côtés à la fois. A ce cri, la générale battit. Cette générale, que nous n'avions pas entendue du haut de la tourelle de Touffedelys, couvrit Avranches et le souleva. Le bataillon des Bleus voulut passer à la baïonnette à travers cette masse qui roulait dans le champ de foire, comme une mer, mais impossible ! Il aurait fallu percer un passage dans cette foule d'hommes, d'enfants et de femmes qui s'agitaient là, et qui, à eux seuls, de leur pression et de leur poids, pouvaient écraser cette poignée de chouans. Les Douze, ou plutôt les Onze, car Vinel-Royal-Aunis était à la prison, les Onze qui semblaient un tourbillon qui tourne au centre de cette mer humaine dont ils recevaient la houle au visage, les Onze, ramassés sous leurs fouets et sous le moulinet de leurs bâtons, avaient bien calculé. Ils abattaient autour d'eux ceux qui les poussaient et qui leur rendaient coup pour coup...

Partout ailleurs, ce n'était dans ce champ de foire qu'un désordre sans nom, un étouffe-ment, l'ondulation immense d'une foule, au sein de laquelle, affolé par les cris, par le son du tambour, par l'odeur du combat qui com-mençait à s'élever de cette plaine de colère, quelque cheval cabré montrait les fers de ses pieds par-dessus les têtes, et où, çà et là, des troupes de bœufs épeurés se tassaient, en beu-glant, jusqu'à monter les uns sur les autres, l'échine vibrante, la croupe levée, la queue roide, comme si la mouche piquait. Mais à l'endroit où les Onze tapaient, cela n'ondulait plus. Cela se creusait. Le sang jaillissait et faisait fumée comme fait l'eau sous la roue du moulin ! Là on ne marchait plus que sur des corps tombés, comme sur de l'herbe, et la sen-

sation de piler ces corps sous leurs pieds leur
donna, à tous les Onze, la même pensée, car
tout en tapant, ils se mirent, tous les Onze, à
chanter gaiement la vieille ronde normande.

> Pilons, pilons, pilons l'herbe ;
> L'herbe pilée reviendra !

Mais elle n'est pas revenue ! A Avranches,
on vous montrera, si vous voulez, à cette heure
encore, la place où ces rudes chanteurs com-
battirent. L'herbe n'a jamais repoussé à cette
place. Le sang qui, là, trempa la terre était
sans doute assez brûlant pour la dessécher.

Ils y tinrent à peu près deux heures... mais
Cantilly avait le bras cassé, La Varesnerie la
tête ouverte, Beaumont, les clavicules rompues,
presque tous les autres blessés, plus ou moins,
mais tous debout encore dans leurs vareuses,
qui n'étaient plus blanches comme le matin, et
qu'une rosée de sang poudrait maintenant, à la
place de fleur de farine. Tout à coup *M. Jacques*
tomba, au cri de joie de ces paysans électrisés
qui crurent enfin avoir abattu un de ces blatiers du diable, solides comme des piliers, que
l'on pouvait battre comme plâtre, mais qu'on
ne pouvait renverser. *M. Jacques* n'était pas
même blessé. Tout en combattant, il avait vu
à la hauteur du soleil qui commençait à baisser et à prendre la place en écharpe, qu'il était

l'heure d'aller à Des Touches et de rejoindre
Vinel-Aunis... Aussi, avec la souplesse du chat
sauvage, se glissa-t-il, en rampant, à travers
les jambes de ces hommes qui ne faisaient
guère attention, dans ce moment-là, qu'au jeu
terrible de leurs mains, et, comme un plongeur
qui disparaît à un endroit de l'eau pour ailleurs reparaître, il se retrouva assez loin de
l'espace où l'on se battait, et dans une tourbe,
à cet endroit-là, moins ardente qu'épouvantée.
Comment passa-t-il ? Il avait jeté son grand
chapeau, à *couverture à cuve,* qui l'aurait gêné ;
mais comment ne fut-il pas reconnu à sa vareuse sanglante, tué, mis en pièces ? Lui-même
n'a jamais su le dire. Il ne le savait pas, et
cela doit paraître incroyable. Mais vous avez
fait la guerre, baron, et à la guerre, ce qui est
incroyable arrive tous les jours. Fascination
de la terreur ! Quand il se releva dans cette
foule qu'il avait traversée en s'aplatissant, on
se mit à fuir devant cet homme qui lui-même
semblait fuir, et dans le pêle-mêle de la place,
il put parvenir à la prison où Vinel-Royal-
Aunis avait dû préparer la délivrance de Des
Touches ; mais à la prison, au pied de la prison, il trouva... les Bleus.

Oui, c'étaient les Bleus !

Voyant qu'ils ne pouvaient ni s'avancer ni
manœuvrer dans ce champ de foire, plein à

regorger, et où d'ailleurs les paysans de l'A-
vranchin les remplaçaient et ne faisaient pas
mal leur besogne, les Bleus, au premier cri :
« Ce sont les Chouans ! » s'étaient portés au
pas de charge sur la prison, car officiers et
soldats maintenant ne doutaient plus que la
bataille qui se donnait au fond de la place
n'appuyât une tentative sur Des Touches. Or,
à la prison, si vous n'en avez pas oublié la
construction, monsieur de Fierdrap, les Bleus
avaient trouvé la lourde porte de l'espèce de
bâtiment moderne qu'occupait la Hocson très-
fortement barricadée, et comme la petite fille
à qui Vinel-Aunis avait jeté l'escabeau dans
les jambes pour la faire tomber, à moitié éva-
nouie de peur, ne soufflait mot sous la bouche
du pistolet de Vinel, et que tout paraissait à
l'intérieur silencieux et tranquille, ils crurent
naturellement que la Hocson, dont ils connaissaient l'énergie, avait pris ses précautions de
défense au premier bruit de tumulte populaire
et de chouannerie ; et sûrs qu'elle tenait son
prisonnier, ils se réservèrent pour le cas d'attaque ou de sortie, si quelques chouans avaient
été assez hardis pour se glisser dans la prison,
qui devait être pour eux une souricière ; et ils
se déployèrent parallèlement à cette longue
muraille où les chevaux, amenés pour être
vendus à la foire, étaient rangés et attachés

aux anneaux de fer dont je vous ai déjà parlé.
Ils furent seulement obligés de se déployer
assez loin de ces chevaux qui répondaient à la
tempête de cris et de mugissements de la place
par des hennissements de colère et des ruades
furieuses, et ils s'étaient établis prudemment
hors de la portée de cette effrayante ligne de
pieds ferrés, toujours en l'air comme des projectiles, et qui leur auraient cassé les reins.
M. Jacques avait vu tout cela. C'était un
homme, après tout, que ce mélancolique ! Le
jour baissait. Il attendit, caché par la multitude,
qu'il fût tombé un peu d'ombre... Les fouets
claquaient toujours au fond de la place. Il prit
son temps, et il eut le sang-froid et l'audace
de faire, sous le ventre de ces chevaux frémis-
sants et devenus presque sauvages, ce qu'il
avait fait sous les pieds des hommes dans la
foule. Il se coula entre la muraille et les Bleus.
Il ne pouvait pas douter, lui, que Vinel-Aunis
ne fût dans la prison... La porte barricadée le
lui prouvait. C'était Vinel-Aunis qui, à tout
événement, l'avait barricadée... Aux approches
de la nuit, la multitude qui s'étouffait, sans
voir, sur le champ de foire, comprit enfin qu'il
fallait s'écouler par les rues ; mais son courant
y rencontrait un contre-coup contre lequel elle
se heurtait, et partout c'étaient des congestions
et des rebondissements de foule nouvelle. On

entendait, dans la nuit, la générale battant sur
tous les points d'Avranches, entrecoupée du
cri bref : Aux armes ! La garde nationale, la
gendarmerie, avaient voulu, comme les Bleus,
pénétrer jusqu'à l'endroit où l'on s'égorgeait,
mais, comme les Bleus, elles avaient trouvé
l'invincible résistance de ce monde aggloméré,
pressé et trop épais pour qu'on pût s'y faire
un passage... à moins de tout massacrer. Cette
circonstance que les Douze avaient prévue et
calculée, et qui les avait protégés jusque-là
contre la baïonnette et la fusillade, allait cependant se retourner contre eux. Pris dans ces
cercles redoublés d'une foule qu'ils échancraient
à coups de fouet et de bâton, qu'ils élargis-
saient, mais qu'ils ne brisaient pas comme on
brise un cuvier dont on abattrait les douvelles,
ils ne pouvaient ni faire retraite ni s'*égailler*.
Et c'était là l'anxiété de *M. Jacques*. Tapi à
terre sous la poterne, il grimpa dans les vieux
lierres qui couvraient les murs de la prison
jusqu'à un trou grillé par lequel il envoya, en
le modulant bassement, son cri de chouette
pour avertir Vinel-Aunis qui l'entendit, et
doucement débarricada la porte.

— Et Des Touches ? lui fit *M. Jacques*.
Mais Vinel-Royal-Aunis donna à *M. Jacques*
le froid de la défaite, en lui racontant comment la geôlière lui avait échappé et comment

elle avait eu la hardiesse de s'enfermer sous clef, tête à tête, avec le prisonnier dans la tour.

— Des Touches, sans ses fers, la romprait sur son genou comme une baguette, ajouta Royal-Aunis, mais il est enchaîné... On n'entend rien à travers cette sacrée porte, — et la Hocson est, par Dieu! bien femme à le tuer, à coups de couteau.

Nous le saurons demain! dit *M. Jacques,* avec la rapidité de décision de l'homme de guerre qu'il avait, ce beau ténébreux, malgré sa langueur. Mais ce soir, il faut sauver ceux qui se battent là-bas... Il faut les dégager et faire retourner la tête à cette foule, et il n'y a qu'un moyen... Mettons le feu à la prison!

— Bravo! dit M. de Fierdrap avec l'enthousiasme du connaisseur; militairement le moyen était bon, mais ventre de carpe! ça ne devait pas être chose facile que de mettre le feu à la prison d'Avranches, une geôle de granit humide, à peu près inflammable comme le fond d'un puits.

— Aussi ce qui brûla, baron, reprit mademoiselle de Percy, fut le grand bâtiment de date plus moderne qui reliait les tours, et dans lequel habitait la geôlière. Il y avait dans le haut de ce bâtiment un immense grenier à foin pour la gendarmerie de la ville, et c'est là que

M. Jacques et Vinel-Aunis mirent intrépide-
ment le feu, avec deux coups de pistolet. En
un clin d'œil, par le temps sec et chaud qu'il
faisait, la flamme s'élança de cet amas de foin,
et sortant avec une brusquerie convulsive du
toit dont elle fit voler en éclats les ardoises,
tant elle était intense! elle embrasa instanta-
nément les épais tapis de lierre séculaire qui
enveloppaient les tours, et elle les couvrit
d'une robe de feu. Ces deux tours devinrent
tout à coup deux monstrueux flambeaux-colosses
qui éclairèrent la place, de l'un à l'autre bout,
et firent, comme l'avait dit *M. Jacques,* retourner les mille têtes de la foule. A cette lueur
soudaine, un frisson de terreur immense passa
électriquement sur ces milles têtes comme un
sillon de foudre, malgré la colère du combat, car
il ne s'agissait plus d'une poignée de chouans
à réduire, mais d'Avranches, d'Avranches qui
pouvait brûler tout entier! La prison, en effet,
touchait aux premières maisons de la vieille
ville, qui n'étaient pas de granit, elles, et qui
auraient pris comme de l'amadou. Des fentes,
comme il s'en entr'ouvre dans des murs qui
vont crouler, se firent subitement en ce gros
d'hommes amoncelés, et, chose horrible, les
bœufs qui étaient tassés et avaient jusque-là
été contenus par la densité de la foule sur la
place, les bœufs enragés par cette violence écar-

late de l'incendie qui leur donnait dans les
yeux, se mirent à fuir par ces fentes qu'ils
agrandirent, écrasant des pieds et des cornes
tout ce qui leur était obstacle. Ce fut là une
autre tuerie, pire que celle des Onze, qui con-
tinuaient imperturbablement leur massacre à
l'extrémité du champ de foire, et que cette in-
tervention inattendue de l'incendie allait sauver, car ils n'en pouvaient plus... Leurs fouets
claquaient toujours, mais le claquement de ces
fouets était moins sonore. Il devenait de plus
en plus mat, à chaque coup frappé dans cet
amas de chairs sanglantes, qui faisaient boue
autour d'eux et qu'ils envoyaient à la figure de
leurs ennemis en éclaboussures.

— Sabre-tout, fit Saint-Germain à Campion, en l'appelant par son nom de guerre, assez sabré pour aujourd'hui !

Et, gai comme pinson, il ajouta :

— Nous étions frits sans l'incendie, mais
voilà qui va nous dégager. Dans cinq minutes,
ils y seront tous.

Faisons-nous dos à dos, messieurs, dit la
Varesnerie, et sortons de cette place. Une fois
dans les rues, nous chouannerons. Les rues
d'Avranches vont valoir des buissons, cette
nuit.

Et ils exécutèrent leur manœuvre de dos à
dos, couverts de ces fouets et de ces bâtons

qu'ils maniaient en maîtres. Et, marchant au pas, ils s'avancèrent à travers cette foule qui se dépaississait, distraite par le feu, culbutée et broyée par les bœufs qui couraient çà et là comme une tempête fauve, et c'est ainsi qu'ils purent enfin quitter, sans avoir perdu un seul homme, cette place où, depuis trois heures, ils avaient du sang jusqu'au jarret, et où, comme nous le dit Le Planquais, quelques jours plus tard, « ils avaient battu le beurre, à pleine baratte, comme on sait le battre dans le Cotentin ! »

— Sais-tu bien que c'est aussi beau que Fontenoy, cela, Fierdrap ?... fit l'abbé profondément pensif, pendant que sa bouillante sœur, dont la tête devait fumer sous son baril violet et orange, respirait.

— C'est même plus beau ! dit le baron. Leur petit carré n'a pas été enfoncé, à eux, à ces Onze ! Et ce sont eux, au contraire, qui ont enfoncé le grand carré des paysans, qui les tenaient de tête, de queue et des deux flancs, et qui l'ont enfoncé avec de simples fouets pour toutes pièces de canon. Le diable m'emporte ! c'est plus beau !

L'héroïne de la chouannerie s'associait tellement à ses compagnons d'armes, même pour les batailles où elle n'était pas, qu'elle sourit aimablement au vieux hulan pour le remercier de son opinion, et elle reprit :

— Une fois dans les rues, ils essuyèrent bien quelques coups de fusils épars... Mais la lune n'était pas encore levée, et, d'ailleurs, elle l'aurait été, que la fumée rougeâtre de l'incendie qui se mit à couvrir la ville comme d'un dais sombre, en eût intercepté la lumière. Il faisait noir dans ces rues étroites, qui n'avaient pas alors de reverbères comme aujourd'hui... Ils sentirent bien siffler quelques balles qui rebondissaient contre les angles des pignons, mais ce fut tout, et ils purent, sans nouveau combat, sortir des faubourgs de la ville, alors tout entière à l'incendie, et se rallier, comme d'avance ils en étaient convenus, sous l'arche en ruine d'un vieux pont qui n'avait plus que cette arche, et qu'on appelait le *Pont-au-Prêtre* (peut-être à cause de la couleur de ses pierres qui étaient noires). Il coulait sous cette arche solitaire un filet de rivière, profondément encaissée, et ce fut là qu'ils se comptèrent... Or, comme ils ne savaient rien du sort de Des Touches et qu'ils avaient sur le cœur le poids affreux de l'absence des amis qui manquent à l'appel, ils résolurent de rentrer à Avranches, et ils y rentrèrent. Ils laissèrent sous l'arche du *Pont-au-Prêtre* leurs vareuses sanglantes qui les auraient trahis, et comme des ouvriers des faubourgs de la ville qui auraient couru au feu en toute hâte et en manches de che-

mise, ils y allèrent ainsi et sans leurs grands
chapeaux, la tête ceinte de leurs mouchoirs
qu'ils avaient mouillés dans cette rivière, où
ceux qui étaient blessés parmi eux lavèrent
leurs blessures... Cantilly seul resta à attendre
ses compagnons, couché sur le monceau de
vareuses sanglantes, car son bras cassé le faisait cruellement souffrir... Mais il ne les attendit pas longtemps. Ils revinrent vite. En entrant sur la place où la foule avait roulé sa
masse en sens inverse et travaillait encore à
éteindre l'incendie, ils avaient vu que tout était
perdu et fini... La Hocson qui, par la fenêtre
grillée de la prison léchée par les flammes, n'a-
vait pas cessé de repaître ses yeux de ce qui
se passait sur la place, venait d'ouvrir aux
Bleus la porte de ce cachot où elle s'était renfermée avec son prisonnier.

— Tenez ! leur avait-elle dit, en le leur montrant garrotté de chaînes et couché par terre
sur la dalle, le voilà, le brigand ! Je les ai bien
entendus *fourgonner* dans la porte pour la
mettre à feu ; mais ils auraient fait un four à
chaux de cette geôle que je m'y serais laissée
cuire avec lui, vivante, plutôt que de le rendre
à un autre qu'au valet du bourreau à qui il
appartient ! »

M. Jacques et Vinel-Royal-Aunis s'étaient,
en effet, obstinés à vouloir brûler cette porte

épaisse, résistante à l'action du feu comme à l'action du levier. Ils s'y obstinaient encore, quand la foule, devenue maîtresse de l'incendie, s'élança dans le couloir et les escaliers de la prison. Alors ils s'étaient jetés, tête baissée, en avant, la torche et le pistolet à la main, et, grâce à la flamme, à la fumée et au désordre de l'invasion dans la prison de ces Bleus qui couraient, comme des fous, au cachot de Des Touches, ils avaient passé !

C'est au moment où il sortait de là que nous avions revu *M. Jacques*. L'idée d'Aimée sans doute le fit revenir plus vite à Touffedelys que ses autres compagnons, mais douze heures après, à l'exception de Vinel-Aunis, ils y étaient tous. *M. Jacques* ignorait le sort de Vinel-Aunis. Nous crûmes qu'il était mort. Il ne l'était pas. Il avait reçu dans le ventre un coup furieux de la baïonnette d'un Bleu, et il avait eu l'énergie de faire plus d'un quart de lieue dans les bois, contenant avec sa main ses entrailles près de s'échapper, et, dans cet état, de gagner la cahute d'un sabotier chouan... Ces détails que nous avons eus plus tard, nous les ignorions. Nous pensions qu'il avait laissé sa vie dans cette affaire, et cela nous paraissait une chose si simple que bientôt nous n'en parlâmes plus ; mais il n'en était pas de même de Des Touches. Qu'était devenu Des Touches ?...

Pour recommencer demain, comme l'avait dit
M. Jacques, il fallait avoir des nouvelles de
Des Touches. Il n'en venait aucune à Touffedelys. Une femme inspire moins de défiance
qu'un homme. Je proposai à ces messieurs
d'aller à Avranches en chercher.

Ils acceptèrent, et j'y allai, monsieur de
Fierdrap. Je n'étais pas novice, je vous l'ai dit ;
j'avais bien des fois porté des dépêches aux
chefs des différentes paroisses, sous toutes sortes
de déguisements. Pour me mêler mieux aux
gens de la ville et pour détourner tout soupçon,
je me déguisai en femme du peuple. Je passai
un déshabillé de droguet. Je posai sur mes cheveux, qui, depuis la guerre, ne connaissaient
plus qu'une espèce de poudre, — celle avec laquelle on frise l'ennemi ! — cette coiffe des
Granvillaises, qui ressemble à une serviette
pliée en quatre qu'on se plaquerait sur la tête.
On mit des hottes sur une de nos juments
poulinières, et un *panneau* couvert de peau de
veau avec son poil ; et, assise de côté là-dessus,
un de mes pieds en sabots dans une de mes
hottes, l'autre pendant sur le cou de ma ju-
ment, je m'en allai vers Avranches d'un bon
trot d'*allure*. J'avais, pour les vendre au marché, mes hottes pleines de beaux pains de
beurre, enveloppés dans des feuilles de vigne.
Vous parliez de mon caleçon de velours rayé,

il n'y a qu'un moment, mon frère, et de mes
grandes bottes *à la Frédéric,* — ajouta-t-elle
avec la seule coquetterie qui lui fût possible, la
coquetterie d'avoir porté de pareilles bottes ; —
mais ce jour-là votre sœur, mon frère, la cousine
des Northumberland, était tout simplement une
beurrière des faubourgs de Granville. Oui, voilà
ce qu'était, pour le quart d'heure, Barbe-Pétronille de Percy-Percy !

— Barbe, sans barbe ! dit l'abbé, qui se prit
à rire, mais digne de la porter.

— Elle m'est venue depuis, dit-elle en riant
aussi, mais trop tard, depuis que je n'en ai
que faire et que j'ai repris, pour ne plus les
quitter, ces ennuyeux jupons, qui me vont à
peu près comme à un grenadier. Je n'avais
alors qu'un petit bout de moustache brune qui,
avec ma figure à la diable, me donnait l'air
assez dur sous ma serviette pliée en quatre et
justifiait le mot d'un drôle d'Avranches, qui
faisait les beaux bras au marché et qui se permit de mettre ses deux mains autour de ma
grosse taille. Je lui avais allongé sur les doigts
le meilleur coup du manche de mon couteau à
beurre.

— Ne fais pas tant ta mijaurée ! m'avait-il
dit furieux ; il n'y a pas de quoi. Après tout, tu
n'es pas si fraîche que ton beurre, la grosse mère.

— Mais je suis plus salée ! lui répondis-je

le poing sur la hanche, comme une vraie ha-
rangère de Bréhat, et si tu veux y goûter,
polisson, tu vas le savoir ! »

C'est à cela seul que se bornèrent tous les
dangers que courut, à Avranches, l'honneur de
votre sœur, mon frère. J'y fis ce qu'on appelle
un bon marché. Tout en vendant mes pelottes
de beurre, j'arrondis ma pelotte de nouvelles.
Je ramassai tous les bruits, tous les commérages
de la ville. Elle n'était pas remise de la chaude
alarme que nos Douze lui avaient donnée. On
ne parlait partout que des faux blatiers et du
feu mis à la prison. On disait, en les exagérant
peut-être, le nombre des personnes qui avaient
péri dans cette batterie. On montrait encore,
sur le champ de foire, des mares de sang...
Mais, au moins, criaient les trembleurs, nous
sommes délivrés du Des Touches ! Cet appât
ne devait plus faire revenir les Chouans. La
nuit du lendemain de ce jour terrible, dont les
événements avaient si profondément bouleversé
Avranches, on avait fait quitter secrètement la
ville au prisonnier. On l'avait jeté avec ses fers
dans une petite charrette recouverte de planches, et, tout le bataillon des Bleus l'escortant,
il était parti, sans tambour ni trompette, pour
Coutances, où il devait être jugé, et certainement
condamné à mort.

Je revins grand train à Touffedelys ap-

prendre à nos amis ce changement de prison
de Des Touches, qui le plaçait plus loin de
notre portée et dans des conditions de captivité
plus dures à surmonter que les premières, car
à la guerre, toute tentative, avortée une fois,
devient plus difficile de cela seul qu'elle a
avorté : l'ennemi est prévenu, il veille davantage. *M. Jacques* avait dit la pensée de tous
ses compagnons, en disant qu'il fallait recommencer l'entreprise.

— Messieurs, ajouta-t-il, prenez aujourd'hui
pour panser vos blessures. Nous tâcherons de
les rendre à l'ennemi demain. Il faut que dans
deux jours nous soyons sous Coutances, pour
rejouer la partie que nous avons perdue. Coutances est une ville plus forte qu'Avranches, et
nous sommes, nous, moins forts que nous n'é-
tions... Nous ne sommes plus que onze...

— Vous êtes toujours douze, monsieur, lui
dis-je. Onze est un mauvais compte. Il nous
porterait malheur. Puisque M. Vincel-Aunis
n'est pas revenu, je m'offre pour le remplacer.
Dame ! je n'ai jamais été la plus belle fille du
monde, mais la plus belle ne donne encore que
ce qu'elle a ! »

Et c'est ainsi, baron, que je fis partie de la
seconde expédition des Douze, et que je vis, de
mes deux yeux, qui ne reverront jamais pareilles
choses, ce qui me reste à vous conter.

VI

Une halte entre les deux expéditions.

ADEMOISELLE de Percy s'arrêta un instant encore. Le Bacchus d'or moulu sonna de son timbre flûté et argentin. Il s'en allait, dérivant vers minuit, l'heure, dit-on, des spectres... Et n'étaient-ce pas des spectres, en effet, que ces gens du passé, rassemblés dans ce petit salon à l'air antique, et qui parlaient entre eux de leur jeunesse évanouie et des nobles choses qu'ils avaient vu mourir?... Ursule et Sainte de Touffedelys pouvaient bien, elles surtout, faire l'effet de deux spectres; pauvres fantômes doux! Pâles et séchées sous leurs cheveux pâles, elles tenaient toujours dans leurs doigts amincis ces écrans transparents dont la gaze verte, tamisant la lueur du feu qui s'éteignait, jetait à leurs visages exsangues un reflet de lune de cimetière... Le baron de Fierdrap, l'abbé et sa sœur, d'une couleur plus chaude,

d'yeux plus brillants, semblaient plus vivants, plus passionnés, mais, au fond, n'agitaient-ils pas des souvenirs aussi vains que ces fantômes de nuit qui se dissipent à l'aube ?... Et Aimée elle-même, la plus jeune d'entre eux, dont la beauté disait éloquemment qu'elle était moins avancée dans la vie, Aimée, penchée sur son feston, auquel elle ne pensait pas, Aimée la solitaire et la silentiaire par la surdité, dont l'âme cherchait une autre âme dans la mort, n'était-elle pas encore, d'eux tous, la plus morte et la plus du pays des rêves ?...

— Ce fut un grand jour à Touffedelys, reprit mademoiselle de Percy, que le jour qui précéda notre départ pour Coutances, et, pour moi, je vivrais cent ans que je me rappellerais le plus léger détail de cette espèce de veillée d'armes ! On commença, bien entendu, par panser les blessés, les blessés qui plaisantaient et riaient de leurs blessures, la meilleure manière de s'en parer ! Le plus blessé de tous, et pour cette raison celui qui de tous plaisantait et piaffait davantage, était M. de Cantilly, à qui, par parenthèse, vous donnâtes si joliment votre mouchoir à la *Marie-Antoinette,* ma chère Sainte ! Vous le rappelez-vous ? Oui, n'est-ce pas ? Il n'eut qu'à vous dire galamment : « Si vous voulez que mon bras ne me fasse plus souffrir, mademoiselle, donnez-moi votre mouchoir de

cou pour en faire une écharpe. Mon autre bras
n'en ira que mieux ; » et vous, sans vous faire
prier davantage, vous l'ôtâtes de votre cou, mon
innocente, et vous le lui donnâtes, tiède de vos
épaules. Après les blessés, on s'occupa des armes.
Ces armes, que nous avions cachées, et en réserve, dans ce château, tombé, à ce qu'il semblait, en quenouille, furent mises en état de
bien faire. Une vingtaine de belles mains, parmi
lesquelles il y avait les deux belles qui fes-
tonnent là-bas, sous cette lampe, monsieur de
Fierdrap, se noircirent à faire des cartouches
pour nos hommes. Nous étions à peu près, à ce
moment-là, une quinzaine de femmes à Touffedelys. Quoique les Douze n'eussent pas réussi
dans leur entreprise sur Des Touches, nous
avions (l'inquiétude sur leur sort une fois passée et l'événement connu) repris cette gaieté
qui nous revenait toujours après les catas-
trophes, et qui est peut-être l'obstination de
l'espérance ! Toutes nous avions foi en nos
héros. « Ils n'ont pas réussi hier, eh bien, ils
réussiront demain ! » disions-nous, et chacune
de vous autres, qui étiez plus femmes que moi,
mesdemoiselles, retrouvait les rires et les légers
propos de la jeunesse, au milieu de nos guer-
rières occupations.

Aimée elle-même, toujours sérieuse comme
une reine, mais qui avait vu revenir de la pre-.

mière expédition son fiancé sans une seule
blessure, s'épanouit, malgré sa réserve, dans un
sentiment qui était plus que de l'amour, qui
était de la fierté heureuse! Oui, le seul jour
où j'aie vu Aimée, cette magnifique rose fermée
et toute sa vie restée en bouton, nous montrer
un peu de l'intérieur de son calice, fut ce jour
qui précéda notre départie pour Coutances et
le malheur qui allait la frapper!

Nul pressentiment ne l'avertit de ce qui
devait sitôt suivre..., et quand *M. Jacques,*
triste ce jour-là plus que les autres jours,
parmi ses compagnons joyeux, nous dit, à lui,
son pressentiment, c'est-à-dire qu'il mourrait
dans cette seconde expédition...

— Oui, interrompit mademoiselle Ursule de
Touffedelys, c'est à moi qu'il le dit et à Phœbé
de Thiboutot, qui étions ses voisines de table,
au souper après lequel vous deviez partir dans
la nuit. On était au dessert. Tous ces messieurs, très-animés, parlaient du lendemain
comme d'un jour de fête. On avait bu à la
santé du Roi et à l'enlèvement du chevalier
Des Touches. Lui seul, *M. Jacques,* restait
sombre, son verre plein. Phœbé de Thiboutot,
qui n'était que depuis peu à Touffedelys, et
qui d'ailleurs, était légèrement follette, lui dit,
comme une enfant qu'elle était : — « Pourquoi
êtes-vous si triste, vous ? Vous ne croyez donc

pas au succès de l'enlèvement du chevalier ?... »
Et il lui répondit en regardant Aimée, comme
si cela expliquait tout : — « Pardon, mademoiselle ; je crois très-fort à l'enlèvement de Des
Touches, mais *je suis sûr* que j'y mourrai. —
Alors pourquoi y allez-vous ? lui dis-je. Car
après tout ce qu'il avait fait et qu'on racontait
de lui, dans le Maine, il n'y avait pas à douter
de sa grande bravoure. Mais je me sentis
coupée par le ton qu'il prit, et je me souvien-
drai toujours de l'expression de sa figure, quand
il me répondit : — « Mademoiselle, c'est une
raison de plus ! »

— Eh bien, reprit mademoiselle de Percy,
ce pressentiment de *M. Jacques,* qui fut un
avertissement de sa destinée, ce pressentiment
dont j'aurais haussé les épaules alors, et auquel
j'ai bien pensé sérieusement depuis, Aimée ne
le partagea pas, et elle crut, sans doute, qu'elle
pourrait le lui ôter du cœur en réalisant,
comme elle fit ce soir-là, l'idée qui devait le
plus enivrer un homme épris comme il l'était,
et lui faire oublier toutes les chances de l'ave-
nir dans la minute présente, qui lui apportait
un tel bonheur ! A partir du jour où elle nous
avait appris, avec la simplicité d'un amour si
résolu et si dévoué dans une âme aussi pudique que l'était la sienne, que sa foi était
engagée à *M. Jacques,* tout avait été dit et

compris entre elle et nous... Elle, elle était
trop imposante dans sa réserve, et nous, nous
étions trop confiants dans la noblesse de son
âme pour lui adresser jamais la moindre question sur *M. Jacques*. Quoi qu'il fût, il avait
l'honneur d'être le fiancé d'Aimée de Spens, et
cela suffisait... Mais ce jour-là, Aimée voulut
qu'il fût davantage. Elle voulut qu'il fût son
mari aux yeux de tous et que le mariage,
impossible dans ce temps où il n'y avait plus
de chapelle à Touffedelys pour le faire, et à
dix lieues à la ronde de prêtre pour le célébrer,
s'accomplît au moins par la promesse et par
le serment, devant ces dix hommes, ses frères
d'armes, avec qui, peut-être, le lendemain il
allait mourir.

— Eh ! elle commence à m'intéresser, votre
demoiselle Aimée ! fit candidement le baron
de Fierdrap.

— C'est bien heureux ! dit plaisamment
l'abbé. Préfères-tu encore ton dauphin, qui
n'en était pas un, ô pêcheur plein de saga-
cité ?...

— Ah ! elle vous intéresse ? dit impétueusement mademoiselle de Percy, qui tira son histoire des parenthèses de l'interruption, comme
elle tirait son aiguille à laine de sa tapisserie ;
je ne m'en étonne pas, monsieur de Fierdrap !
Nous n'avons vu agir qu'une fois cette Aimée,

et c'était ce soir-là, mais je vous jure que ce
soir-là, elle ne descendit pas sa race... Cette
soirée paya toute sa vie. Toute sa vie depuis
a été le malheur, le veuvage, la surdité, un
bout de feston derrière lequel on caché sa rêverie et la pauvreté d'une violette au pied
d'un tombeau ; mais, ce soir-là, où elle voulut
se fiancer publiquement à *M. Jacques,* comme
elle s'y était déjà fiancée en secret, elle nous
donna, en une fois, la mesure de ce qu'elle
aurait pu être si, comme à tant d'autres, le
cadre des circonstances ne lui avait pas manqué et n'eût pas été plus petit qu'elle !

Ce qu'elle avait voulu eut lieu comme elle
l'avait voulu et donna un caractère d'exaltation
nouvelle à cette journée d'enthousiasme et de
joie virile. Aimée n'avait dit à personne le
projet qui devait donner à l'homme dont elle
était aimée un bonheur à essuyer toutes ses
tristesses et à lui mettre au front les rayonne-
ments des cœurs heureux. Avait-elle entendu
ce que *M. Jacques* vous avait répondu, Ursule,
ou même avait-elle besoin de l'entendre pour
savoir ce qu'il y avait dans ce cœur triste où
elle vivait ?... mais toujours est-il qu'elle se
leva de table, peu d'instants après, et que sa
meilleure amie, Jeanne de Montevreux, la
suivit. On n'y prit pas garde ; on parlait de
l'expédition du lendemain et de ce départ

attendu, souhaité, qui aurait lieu dans quelques heures..., lorsqu'au bout d'un certain
temps qu'on ne calcula pas, elle rentra avec
Jeanne de Montevreux dans la salle de Touffedelys. En rentrant, dès le seuil, elle nous fit
l'effet d'une apparition. Ce n'était plus la
même femme. Elle était tout en blanc et en
voile... Et, par la manière dont elle marcha
vers la table où nous étions, nous sentîmes, et
moi toute la première, baron, que quelque
chose de grand allait se passer.

— Messieurs, dit-elle d'une voix altérée,
pleine d'émotion, mais de résolution aussi,
vous allez partir tout à l'heure. Quand reviendrez-vous et combien reviendrez-vous ?... Dieu
seul le sait. Un de vous, de douze que vous
étiez, n'est pas revenu d'Avranches. Il peut en
manquer un... peut-être plusieurs, à votre
prochain retour. Eh bien, j'ai voulu, pendant
que vous êtes tous ici encore, vous prier d'être
les témoins de mon mariage avec *M. Jacques*...
Acceptez-vous ? »

Elle dit si bien cela, cette Aimée ! elle fut
si bien la comtesse Aimée-Isabelle de Spens,
en disant ces simples paroles, que, sous le dais
féodal de sa maison, elle n'aurait pas été plus
comtesse..., et que tous, romanesques comme
des héros, se levèrent spontanément et l'accla-
mèrent, quoique plusieurs d'entre eux fussent

devenus pâles, car je vous l'ai déjà dit, monsieur de Fierdrap, tous l'aimaient... avec un
espoir fou ou sans espoir... mais tous l'aimaient ; et je crois vous l'avoir dit encore, sa
cousine madame de Portelance m'a assuré
qu'ils avaient tous demandé sa main.

Quand elle avait fini de parler, j'avais regardé *M. Jacques.* Vous savez! il ne me plai-
sait pas. Mais, dans ce moment-là, j'en fus
contente ; sa physionomie était indescriptible.
Dieu m'est témoin que si elle lui avait mis
une couronne de roi sur la tête, il n'aurait pas
eu l'air plus fier !...

Surpris, plus surpris qu'eux, il s'était levé
avec les autres, et il alla, en chancelant, à
elle...

— Voici ma main qui est à vous ! lui dit-
elle en la lui tendant.

Peut-être serait-il tombé de joie et d'orgueil à ses pieds, mais il se retint à cette
main.

— Soyez témoins, messieurs, dit-elle, encore
plus touchante et plus majestueuse à chaque
mot, que moi, Aimée-Isabelle de Spens, comtesse de Spens, marquise de Lathallan, ici présente, je prends aujourd'hui pour époux et
pour maître *M. Jacques,* actuellement soldat
au service de Sa Majesté notre Roi. Forcée
par la nécessité de ces tristes temps, qui n'ont

plus ni églises, ni prêtres, d'attendre des jours
meilleurs pour ratifier et consacrer l'engage-
ment solennel que je contracte aujourd'hui, j'ai
voulu au moins devant vous, qui êtes chrétiens
et gentilshommes, — et des chrétiens, en
temps d'épreuve, sont presque des prêtres, —
jurer, en pleine liberté d'âme, obéissance et
fidélité à *M. Jacques* et lui engager ma foi et
ma vie. »

Ils se tenaient tous deux, l'un à côté de
l'autre, elle splendide, et lui comme éclairé de
sa splendeur.

— Et, dit-elle avec la tristesse du regret,
il n'y a pas seulement une croix sur laquelle
je puisse prononcer mon serment!

— Si, madame! reprit fougueusement Beaumont, qui eut une idée de soldat.

— Croise ton épée avec la mienne, » dit-il
à la Varesnerie, qui était en face de lui.

Et ils les croisèrent. Et cela fit une croix.

Et devant ces deux lames nues entrecroi-
sées, qui pouvaient être rouges dans quelques
heures, Aimée de Spens et M. *Jacques* se
jurèrent l'un à l'autre ce qu'ils se seraient juré
devant un autel, si à Touffedelys il y avait eu
un autel encore. Et tout cela fut si rapide et si
sublime dans sa rapidité, monsieur de Fierdrap, qu'après trente ans, ce moment-là m'est
resté flamboyant dans la pensée, comme l'é-

clair de ces deux épées qui leur tomba sur le
front, à ces deux fiancés d'avant la bataille,
défiancés par la mort, le lendemain !

— « Voilà de belles noces ! fit la Bochonnière, qui était le plus jeune des Douze. Mais
on danse aux noces. Si nous dansions ? »

Cette idée tomba comme une étincelle sur
la poudre dans ces esprits qui flambaient à
toute étincelle. En un clin d'œil, la table fut
enlevée et chacun d'eux sur place, tenant sur
le poing sa danseuse. S'il y avait là des cœurs
brisés, les jambes ne l'étaient pas, et ils dan-
sèrent... comme ils s'étaient battus à la foire
d'Avranches, et ils cassèrent des bras encore,
mais ce furent les deux miens...

— Comment ? fit le baron de Fierdrap, qui,
de ce coup, ne comprit pas, et dont le nez
devint le plus beau point d'exclamation qui ait
jamais dessiné son crochet sous la giroflée
d'une engelure.

— Oui, baron, reprit-elle, car c'est moi qui
les fis danser comme des perdus jusqu'à trois
heures du matin, sans reprendre haleine. C'est
moi qui fus le ménétrier de cette noce. Quoique
je ne fusse pas alors, grâce à la guerre, aussi
ventripotente qu'aujourd'hui, je n'avais pas
cependant, dès ce temps-là, une taille de danseuse, et je n'étais guère bonne qu'à faire, dans
un coin de bal, un ménétrier. Je jouais assez

bien du violon, comme beaucoup de femmes
de ma jeunesse ; car vous vous rappelez, baron, que les femmes du siècle passé eurent un
jour la fantaisie de jouer du violon, et qu'elles
inventèrent même une manière d'en jouer
qu'elles appelaient : *jouer par-dessus viole,* et
qui consistait à tenir son instrument sur le
genou, maintenu par la main gauche qui
arrondissait le bras, pendant que la droite
menait magistralement l'archet, dans une pose
de sainte Cécile. C'était même assez gracieux,
cela, quand on était jolie ; mais vous vous
doutiez bien que ce n'était pas ainsi que je
jouais. J'aurais fait, moi, une drôle de sainte
Cécile. Je n'étais pas si fière de montrer mon
gros bras, qu'on voyait déjà bien assez, et je
n'avais pas de menton à gâter. Je tenais donc
mon violon et j'en jouais comme j'ai fait tant
de choses... comme un homme. Et c'est ainsi
que j'en jouai à cette noce d'Aimée, qui a été
mon dernier coup d'archet dans ce monde. Je
ne touche plus maintenant à cet alto qui allait
si bien à ma figure de polichinelle, disiez-vous,
mon frère, et je me suis punie, en l'accrochant
à mon lambris, d'avoir, à cette noce d'Aimée,
si follement accompagné les derniers moments
de son bonheur et sonné si joyeusement une
agonie.

— Tu es une bonne fille après tout, Percy,

que le bon Dieu a mise dans le fond d'un
vaillant homme, dit l'abbé, que sa sœur touchait, malgré lui... Elle n'avait plus sa fanfare de voix. Les ciseaux ne battaient plus
aux champs.

— Et, en effet, reprit-elle, c'était une agonie.
Mais qui donc, excepté *M. Jacques,* qui peut-
être n'y pensait plus, aurait eu l'idée de la
mort sous la joie de ce singulier bal de noces,
animé par l'enthousiasme des cœurs et les
grandioses illusions du courage?... Aimée,
selon l'usage, l'avait ouvert en dansant la première contredanse avec celui dont elle venait
de faire son époux. Elle avait désiré qu'on ne
l'appelât cette nuit-là que *Madame Jacques,* et
nous ne lui donnâmes pas d'autre nom. Elle y
resta éblouissante dans cette robe de mariée,
dont elle a fait plus tard un suaire, pour
l'homme heureux qu'elle tenait alors par la
main. Vers trois heures du matin, il fallut
songer au départ et à l'expédition projetée... Je
changeai tout à coup l'air de la contredanse
que je jouais :

— Voici la diane qui sonne, messieurs ! »
leur dis-je en attaquant brusquement un air
militaire et royaliste que nous avions souvent
chanté.

En trois secondes, chacun fut prêt. J'allai
prendre les vêtements de chouan sous lesquels

j'avais fait, en divers temps, plus d'une expédition nocturne. Le seul plan que nous eussions alors était de marcher réunis jusqu'au grand jour pour nous disperser et nous rejoindre près de Coutances, dans la campagne, à une place que La Varesnerie, qui connaissait bien le pays, nous indiqua, chez des paysans sûrs, chouans même à l'occasion, et où nous pourrions cacher nos armes. Deux ou trois au plus d'entre nous devaient se risquer dans la ville et prendre des renseignements sur le prisonnier et sur la prison.

C'était à la tombée de la nuit que nous avions résolu de nous armer et d'entrer dans Coutances, car, avec une ville aussi calme, où la moindre chose était toujours sur le point de faire événement, et qui de plus avait pour se garder une forte garnison d'infanterie, ce n'était vraiment que pendant la nuit et par surprise qu'on pouvait enlever Des Touches.

VII

La seconde expédition.

IEN de particulier, monsieur de Fierdrap, ne marqua l'espèce de marche forcée que nous fîmes de Touffedelys à Coutances, — continua la vieille chroniqueuse, qui avait repris son aplomb, un instant troublé, à présent et à mesure qu'elle entrait dans le récit d'un fait de guerre auquel elle avait pris part, et qui lui faisait dire *nous* avec un bonheur qui touchait presque à la sensualité. — Dans ces temps-là, les routes étaient plus mauvaises qu'aujourd'hui, et, pour cette raison, bien moins fréquentées. D'ailleurs, ce n'était pas la route départementale, qu'on appelait la grande route, que nous avions prise. La grande route voyait deux fois par jour la diligence, escortée de gendarmes à cheval, car les Chouans avaient une idée qui motivait cette bandoulière de gendarmes : c'est que la guerre paye partout la

guerre, et que l'argent du gouvernement, qu'ils
voulaient mettre par terre, leur appartenait.
Malgré ce principe, ce jour-là nous avions
évité soigneusement cette diligence et ses gendarmes protecteurs, et nous avions pris la *traverse,* qu'en notre qualité de chouans nous
connaissions très-bien pour l'avoir longtemps
pratiquée... Nous arrivâmes donc d'assez bonne
heure chez les paysans de la Varesnerie, et
bien nous prit de n'avoir rencontré sur notre
route personne de contrariant et d'avoir eu la
jambe assez leste, malgré la danse d'où nous
sortions, puisqu'à notre arrivée, ces paysans,
qui demeuraient à un quart de lieue des faubourgs de la ville, nous apprirent que Des
Touches avait été condamné la veille au soir
par le tribunal révolutionnaire de Coutances,
et qu'il devait être *raccourci* le lendemain. Il
paraît, du reste, qu'il s'était conduit avec le
tribunal révolutionnaire de manière à exaspérer davantage un fanatisme de haine politique
qui n'avait pourtant pas besoin d'être exaspéré.
Du caractère incompressible qui était le sien
et qu'il ne démentit jamais, il avait dédaigné
de répondre aux questions des juges, et il était
resté ferme et rebelle à toutes les interroga-
tions et même à toutes les supplications de
ceux-là qui semblaient prendre intérêt à son
destin, leur opposant un silence qu'il ne rompit

point, même par un cri ou par un soupir, et
une impassibilité de sauvage... De pareilles
nouvelles, confirmées d'ailleurs par les deux ou
trois d'entre nous qui étaient entrés dans Coutances, et qui avaient vu la guillotine déjà
dressée et prête sur la place des exécutions,
nous mettaient dans la nécessité d'agir comme
la foudre et de ne plus compter que sur l'énergie *seule,* l'énergie, en ligne droite et courte,
qui n'avait plus le temps de se replier dans la
ruse (comme on l'avait fait à Avranches), et
qui devait tout simplifier, comme le coup droit
dans le maniement de l'épée, par la rapidité de
son action.

— Il n'y a pas deux partis à prendre, nous
dit *M. Jacques,* et c'était à tous notre avis. Il
faut cette nuit, à l'heure où la ville commen-
cera d'être endormie, tenter d'ensemble une
brusque entrée dans la prison et y prendre ou
y délivrer Des Touches par la force. Ce sera
rude, messieurs! La prison est située au centre
de trois cours spacieuses qui s'enveloppent les
unes les autres. Dans la première et la plus
extérieure de ces cours est une sentinelle qui,
en tirant son coup de fusil, fera sortir tout le
corps de garde placé dans la rue à côté, lequel,
en faisant décharge sur nous, fera venir à son
tour toute la garnison de la ville. Si les bourgeois s'en mêlent, ils peuvent nous jeter par

leurs fenêtres les premières choses venues qui leur tomberont sous la main, ou par leurs portes entrebâillées nous fusiller au détour de ces rues dont nous ne connaissons pas le réseau.

— Bourreau! s'écria Desfontaines, dont c'était le juron, quel programme! » Il trouvait Vinel-Aunis charmant et il l'imitait. Il en était le clair de lune. « Nous dansions hier soir, camarades, ajouta-t-il, nous pourrions bien *la* danser cette nuit.

— Vous faites le plan de l'ennemi, monsieur, dit La Varesnerie à *M. Jacques,* mais le nôtre, monsieur, quel est-il ?

— Le nôtre, répondit *M. Jacques,* est celui des boulets, des obus et des balles, qui entrent partout et brisent tout, quand ils ne sont pas aplatis.

— Eh bien, dit Juste Le Breton, dont le surnom était *le Téméraire,* soyons donc des projectiles, et entrons !

J'ai toujours dans les oreilles, continua mademoiselle de Percy, la voix claire de Juste Le Breton, quand il dit ce mot d'*entrons !* qui fut réalisé quelques heures après, car nous entrâmes et même nous sortîmes, ce qui était plus fort. Je n'ai jamais entendu de plus joyeux son de trompette. Juste Le Breton était vraiment heureux de ce que venait de dire *M. Jac-*

22

ques. Nous autres, les dix autres, nous n'en souffrions pas ; nous n'en tremblions pas, mais Juste, il en était heureux ! C'était un contempteur absolu de toute prudence que ce Juste Le Breton. L'idée qu'il n'y avait plus, dans cette question de l'enlèvement de Des Touches, que de la force, et qu'en fait de stratagème et de précautions humaines, nous étions au bout du fossé, et qu'il n'y avait plus qu'à sauter, cette idée, formidable aux plus braves, le ravissait. J'ai vu bien des gens braves dans ma vie, je n'en ai pas vu exactement de ce genre de bravoure-là ! *M. Jacques,* qui avait le génie du général, sous l'officier intrépide, — Des Touches lui-même, cet homme inouï parmi les énergiques, qui n'a peut-être jamais senti en toute sa vie un seul battement de cœur dans sa poitrine de marbre, admettaient, en une foule de circonstances, la prudence humaine ; mais Juste Le Breton, jamais ! Ils l'appelaient le Téméraire, ils auraient tout aussi bien pu l'appeler : « Rien d'impossible ! » Voulez-vous en juger ? Un jour, ici, sur la place du Château, il était entré à cheval chez un de ses amis qui logeait Hôtel de la *Poste,* et, ayant monté ainsi les quatre étages, il avait forcé à sauter par la fenêtre son cheval, qui, en tombant, se brisa trois jambes et s'ouvrit le poitrail, mais sur lequel il resta vissé, les éperons enfoncés jusqu'à la

botte, n'ayant pas, pour son compte, une égra-
tignure !

— Deux secondes de sensation d'hippogriphe,
dit l'abbé ; mais l'hippogriphe avait des ailes,
ce qui fait le Roger de l'Arioste, d'un mérite
moins grand que ton héros, mademoiselle ma
sœur.

— Une autre fois, reprit-elle, — toute pal-
pitante du succès de celui que son frère venait
d'appeler *son héros,* — s'ennuyant chez un de
ses amis un jour de pluie (je crois que c'était
chez ce coq batailleur de Fermanville), il lui
dit : « Si nous nous battions pour passer le
temps ? » car, à cette époque-là, on était ainsi
à Valognes, on y tuait le temps à coups d'épée ;
et Fermanville n'ayant pas d'autre objection à
faire à cette proposition, qu'il n'y avait là qu'un
seul sabre : « Prends la lame et laisse-moi le
fourreau, » dit Juste ; et comme l'autre, qui
avait du cœur, ne voulait pas de ce partage,
Juste Le Breton le força bien à se servir de la
lame, car il se jeta sur lui et l'écharpa avec le
fourreau.

— Je ne ferai plus de réflexions, Percy, dit
l'abbé éternellement taquin, parce que tu me
donnerais encore une anecdote sur ton favori
Juste, et Fierdrap, qui tortille son manchon
d'impatience, attendrait son histoire trop longtemps.

— J'ai fini, dit-elle, mais ce n'était pas une
digression, mon frère. Il fallait bien, dans l'intérêt même de mon histoire, que je vous fisse
comprendre ce Juste Le Breton, qui aimait le
danger, non pas comme on aime sa maîtresse,
car on la trouve toujours assez jolie...

— Et assez dangereuse, fit cette fine langue
d'abbé.

— Tandis que lui, continua-t-elle, ne trouvait
jamais le danger assez grand, comme il le
prouva, du reste, une fois de plus ce jour-là,
dans cette affaire de Des Touches, où il l'aug-
menta par une imprudence qui fut la cause de
la mort de *M. Jacques,* et qui pouvait nous
faire, dans les murs de Coutances, massacrer
tous jusqu'au dernier !

Elle dit cela ardemment, comme elle disait
tout, cette vieille lionne, mais au ton qu'elle
avait, on voyait bien qu'elle ne gardait pas
grande rancune à son sublime cerveau brûlé de
Juste Le Breton !

— C'est entre onze heures et minuit, reprit-
elle, que nous quittâmes la ferme des Mauger,
ces paysans de la Varesnerie qui nous avaient
donné asile. Nous la quittâmes pour n'y pas
revenir. Si nous réussissions, nous ne pouvions
ramener Des Touches dans un endroit si près
de la ville; si nous ne pouvions pas réussir,
nul des Douze ne devait revenir ni là ni ail-

leurs. Nous avions, chacun, une bonne carabine
très-courte, avec de la poudre et des balles en
suffisance, et à la ceinture un couteau à éven-
trer les sangliers. Seul, Cantilly, à cause de
son bras en écharpe, dans votre mouchoir,
Sainte, avait des pistolets au lieu de carabine.
Il marchait, lui, le pistolet à la main. Lorsque
nous sortîmes de la ferme des Mauger, un traître
de clair de lune fit dire à notre *loustic* en second
de Desfontaines :

— Phœbé pour Phœbé, j'aimerais mieux
pour cette nuit mademoiselle Phœbé de Thiboutot que celle-là ! »

Cette lune de mauvais augure pouvait, en
effet, nous jouer plus d'un méchant tour. Mais,
en nous approchant de la ville, nous fûmes un
peu rassurés par un petit brouillard qui commença à s'élever du sol, comme la fumée d'un
feu de tourbière dans un champ. Nous eûmes
l'espoir que ce brouillard s'épaissirait assez du
moins pour qu'on ne pût rien distinguer de
bien net dans ces rues de Coutances, plus étroites
que celles d'Avranches, par conséquent plus
plongées dans l'ombre tombant des maisons.
Nous entrâmes dans la ville à minuit moins
un quart, qui tinta à la Cathédrale, et que ré-
pétèrent pour les échos seuls les autres hor-
loges de cette ville, qui dormait comme une
assemblée de justes, quoique ce fût une ville

de coquins révolutionnaires. Les rues étaient
muettes; pas un chat n'y passait. Que fût-il
arrivé de nous tous, de Des Touches, de notre
projet, si nous avions rencontré seulement une
patrouille? Nous savions bien ce qui, dans ce
cas, serait arrivé; mais nous n'avions la liberté d'aucun choix; il fallait aller, s'exposer
à tout, jouer son va-tout enfin, ou, pas de milieu, demain Des Touches serait guillotiné!
Heureusement, nous n'aperçûmes pas l'ombre
d'une patrouille dans cette ville, morte de sommeil. Des réverbères très-rares et à de grandes
distances les uns des autres, tremblaient au
vent à l'angle des rues. Suspendus à de longues
perches noires, transversalement coupées par
une solive, et figurant un T inachevé, ils avaient
assez l'air de potences. Tout cela était morne,
mais peu effrayant. Nous enfilâmes une rue,
puis une autre. Toujours même silence et même
solitude. La lune, qui se brouillait de plus en
plus, se regardait encore un peu dans les vitres
des fenêtres, derrière lesquelles on ne voyait
pas même la lueur d'une veilleuse expirante. .
Nous assoupissions le bruit de nos pas, en
marchant.

Le moment était pour nous si solennel,
monsieur de Fierdrap, que j'ai gardé les moin-
dres impressions de cette nocturne entrée dans
Coutances et le long de ces rues où nous avan-

cions comme sur une trappe dont on se défie
et qui peut s'ouvrir tout à coup et vous avaler,
et que je me rappelle parfaitement une vieille
femme en cornette de nuit et en serre-tête, le
seul être vivant de cette ville ensevelie toute
entière dans ses maisons comme dans des tom-
bes, laquelle, à la fenêtre d'un haut étage, vidait, au clair de la lune, une cuvette avec précaution et mystère, et mettait à cela une telle
lenteur, que les gouttes du liquide qu'elle versait auraient eu le temps de se cristalliser avant
de tomber sur le sol, s'il avait fait un peu plus
froid. Elle en accompagnait la chute de l'avertissement charitable : « *gare l'eau ! gare l'eau !* »
prononcé d'une voix tremblotante, qu'elle ve-
loutait pour n'éveiller personne, et qui disait à
quel point elle était consciencieuse dans ce
qu'elle faisait, et même timorée. A chaque goutte
qui tombait ou qui ne tombait pas, elle répétait
du même ton dolent son *gare l'eau !* monotone...
Nous nous rangeâmes contre le mur d'en face,
craignant qu'elle ne nous aperçût... Mais, trop
occupée pour cela, elle continua d'épancher sa
source éternelle, en diésant toujours son *gare
l'eau !*

— Dans mon pays, dit à voix basse La Bochonnière, les moulins à eau s'appellent des
Écoute-s'il-pleut ; mais, du diable ! en voilà un
comme je n'en avais jamais vu.

— Cela l'étonnerait un peu si d'une balle on lui cassait sa cuvette au rez de la main, » fit Cantilly, très-fort au pistolet, qui jetait en l'air une paire de gants et la perçait d'une balle avant qu'elle ne fût retombée.

Nous rîmes et nous passâmes, oubliant la bonne femme, en tournant le coin de la rue et en nous trouvant nez à nez avec la guillotine, droite et menaçante devant nous, attendant son homme... Embuscade funèbre ! C'était la place des exécutions. La prison n'était pas loin de là. Nous descendîmes, comme des gens qui dévalent à l'abîme, cette rue qui va de la prison à la place de l'échafaud, et qu'on appelle dans toute ville la rue *Monte-à-Regret,* cette rue qu'il nous fallait empêcher Des Touches de monter le lendemain. La prison blanchissait au bout de cette espèce de boyau sombre, sur une autre place. Nous nous arrêtâmes... le temps de respirer...

Elle contait comme quelqu'un qui a vécu de la vie de son conte. L'abbé et le baron, eux, ne respiraient plus.

— Ah! c'était le moment ! fit-elle ; le moment terrible où l'on va casser le vitrage et où l'on serait perdu si, en le brisant, une seule vitre allait faire du bruit... La sentinelle, dans sa houppelande bleue, se promenait nonchalamment, son fusil penché dans l'angle de son

bras, de l'un à l'autre côté du porche, comme
un chappier d'église, à vêpres. Le dernier rayon
vaillant de cette lune qui devait ressembler une
heure après à un chaudron de bouillie froide,
et qui nous rendit ce dernier service, tombait
à plein dans la figure du soldat en faction et
l'empêchait de distinguer nos ombres mobiles
dans l'ombre arrêtée des maisons. « Je me
charge de la sentinelle, » dit à voix basse Juste
Le Breton à *M. Jacques,* et d'un bond il fut
sur elle et l'enleva, houppelande, fusil, homme
et tout, et disparut avec ce paquet, sous le
porche de la prison, en nous faisant le passage
libre. Comment s'y était-il pris, ce diable de
Juste?... Mais la sentinelle n'avait pas poussé
un seul cri.

— Il l'aura poignardée ! fit *M. Jacques.*
Allons, c'est à notre tour, messieurs. Nous
pouvons avancer!... »

Et tous, avec lui, serrés les uns contre les
autres comme les grains d'une grappe, nous
nous précipitâmes sous le porche nettoyé par
Juste, et nous entrâmes dans la première cour
de la prison.

C'était une cour parfaitement ronde, dont
l'enceinte intérieure ressemblait à la cour d'un
cloître, avec des arcades très-basses et des
piliers trapus. Elle était vide. Où était passé
Juste?... Nous fouillâmes du regard sous ces

23

arcades noires où l'on ne voyait rien, entre ces
piliers blancs où il avait porté peut-être la
sentinelle égorgée; mais bah! il saurait bien
nous retrouver, et nous franchîmes au pas ac-
céléré la deuxième cour, aussi déserte que la
première, pour arriver d'une haleine à la prison
qui était au fond de la troisième... Ah! nous
allions vite! Nous avions aux reins la pique de
la nécessité! Nous vîmes vaciller une lueur à
un petit corps de bâtiment avancé, attenant à
la geôle et qui ressemblait à ce qu'on appelle,
en terme de construction militaire, une poi-
vrière. Le geôlier n'était pas couché. Ce n'était
plus l'énergique Hocson d'Avranches, avec son
cœur désolé et implacable; c'était tout simplement, celui-là, une bête brute à bonnet rouge,
savetier, pour les gens de la ville, entre deux
tours de clefs. Comme c'était jour de décade
ce jour-là, et qu'il avait à livrer le lendemain
des chaussures à ses pratiques, il veillait... Sa
femme et sa fille, une enfant de treize ans, dormaient dans une espèce de soupente très-élevée
et à laquelle on montait avec une échelle. Nous
vîmes tout cela à travers une vitre crasseuse
qu'une lampe à crochet éclairait d'un jour rouge
et fumeux... Nous ne le prévînmes pas; nous
ne l'appelâmes pas; nous ne frappâmes pas
doucement à sa porte; mais, poussés par cette
nécessité d'agir à la *manière des boulets,* comme

l'avait dit *M. Jacques*, des onze crosses de nos
carabines, qui ne firent qu'un seul coup dans
cette porte, nous la fîmes voler sur ses gonds
et nous tombâmes comme un tonnerre sur cet
homme terrassé d'abord, puis relevé de terre,
mis sur ses pieds et tenu au collet par deux
poignes vigoureuses, avec injonction, le couteau
sur le cœur, de livrer ses clefs et de nous conduire à Des Touches. Vous le savez, monsieur
de Fierdrap, les Chouans avaient une renommée
sinistre, et parfois ils l'avaient méritée. On les
voyait toujours un peu à la lueur des horribles
feux qu'ils allumaient sous les pieds des Bleus.
L'épouvante publique leur donnait un des noms
du diable : on les appelait *Grille-pieds*. Nous
profitâmes de cette affreuse réputation des
Chouans pour terrifier le misérable que nous
tenions, et Campion, qui avait les sourcils
barrés et la face terrible, le menaça de le faire
griller comme un marcassin de basse-cour seulement s'il osait résister. Il ne résista pas. Il
était dissous par la surprise et par la peur, une
peur idiote et livide. Il livra ses clefs, et traîné
par d'eux d'entre nous, il nous mena au cachot
de Des Touches. Sa femme et sa fille étaient
restées plus mortes que vives dans leur soupente ; mais pour qu'elles n'en descendissent
pas et n'allassent avertir, nous renversâmes
l'échelle. La terreur leur coupait la gorge. Elles

ne crièrent pas, mais elles auraient crié que peu nous importait. Ce n'était pas comme la sentinelle. Les murs de la prison étaient épais. Il y avait trois cours, toutes trois désertes. On n'aurait pas entendu leurs cris.

— Vive le Roi ! » fîmes-nous en entrant dans le cachot de Des Touches... Prisonnier une semaine à Avranches, prisonnier à Coutances depuis quelques jours, maltraité par ses ennemis, qui voulaient broyer son énergie sous les tortures de la faim et le montrer sur l'échafaud dans une déshonorante faiblesse, Des Touches était assis sur une espèce de soubassement de pierre, tenant au mur de la prison et qui avait la forme d'une huche ; lié de chaînes, mais fort calme.

Il savait les chances de la guerre comme il savait les inconstances de la vague, ce partisan et ce pilote ! Pris un jour, délivré l'autre, repris peut-être ! il avait usé cette pensée...

— Eh bien, dit-il avec son beau sourire, — ce ne sera pas pour demain encore ! — Tenez, ajouta-t-il, déferrez cette main et je vous aiderai pour le reste ! »

Il avait tordu la chaîne qui attachait ses deux bras, mais pincés dans des bracelets d'acier qui paralysaient, en les comprimant, le jeu de ses muscles, il n'avait pas pu la briser !

— Non, chevalier, lui dit *M. Jacques,* scier

tout cela serait trop long ! Nous sommes pres-
sés, nous vous enlèverons avec vos fers ! »

Et comme il avait été dit, il fut fait, baron
de Fierdrap ! Trois d'entre nous le prirent sur
leurs épaules et l'emportèrent, comme sur un
pavois !

Nous roulâmes sur la dalle de cette prison,
à la place de Des Touches, le geôlier auquel
nous laissâmes la vie, mais que, par prudence,
nous enfermâmes à double tour dans le cachot.
Je mets plus de temps à vous conter toutes ces
choses que nous n'en mîmes à les exécuter. Les
zigzags de l'éclair ne sont pas plus rapides.
Nous retraversâmes les trois grandes cours,
toujours solitaires ; mais à la rue..., à la rue,
le danger allait recommencer !

Et cependant tout était au mieux ! Nous
tenions Des Touches ! La lune n'était plus
qu'un œil vide. Elle tachait le ciel au lieu de
l'éclairer, et le brouillard commençait à mettre,
entre les objets et nous, comme une espèce de
voile de soie... Les profils des maisons fondaient
dans la vapeur. Nous reprîmes les rues que
nous avions suivies déjà, toujours sans rencontrer personne ! Hasard prodigieux ! C'était
presque de la féerie ! Cette ville, immobile dans
son sommeil, semblait enchantée. Quand nous
repassâmes dans la rue de la bonne femme qui
vidait sa cuvette, elle était encore à la même

place, faisant le geste de la vider toujours !
Nous la vîmes moins à cause du brouillard :
mais elle disait, sans discontinuer, son *gare
l'eau !* prudent et plaintif. Était-ce une statue
qui parlait ? Ce que nous entendîmes tout à
coup l'interrompit-elle ? Dans l'immense silence
de la ville, un coup de fusil éclata.

— Armons nos carabines, messieurs, et garde
à nous ! dit *M. Jacques.*

— Et gare les balles ! dit Desfontaines. Ce
n'est plus : *gare l'eau !* »

Presque au même instant, une autre déto-
nation plus âpre déchira plus cruellement l'air
et fit vibrer l'espace.

— Ceci est la carabine de Juste Le Breton !
dit *M. Jacques,* qui la reconnut avec son oreille
militaire.

Il n'avait pas prononcé ces mots, que Juste,
lancé comme un tigre, tombait parmi nous, et
nous disait de sa voix claire :

— Doublez le pas ! voici les Bleus ! »

Or, sachez ce qui s'était passé, monsieur de
Fierdrap ! Le « Téméraire, » qui n'avait pas volé
son nom, au lieu de poignarder la sentinelle,
ainsi que l'instinct de la guerre l'avait fait croire
à *M. Jacques,* l'avait portée vivante, à bout de
bras, sous les arcades de la prison. Sûr de sa
force, et aimant à jouer avec elle, il avait eu
le dédain généreux de ne pas tuer cet homme,

et il l'avait tenu dans l'impossibilité absolue
de pousser un cri, tant de sa formidable main
il l'avait étreint à la gorge! et il était resté
ainsi, l'étreignant, tout le temps que nous
avions mis à enlever Des Touches. Du fond de
son arceau et de ces ténèbres, il nous avait vus
repasser dans la cour avec le prisonnier, et,
pour nous donner le temps de faire sûrement
notre retraite, il avait continué de maintenir
la sentinelle dans cette situation, terrible pour
tous les deux. Quand il nous crut assez loin
de la prison pour n'avoir plus rien à craindre,
il la lâcha et il pensa l'avoir étouffée. En effet,
ruse ou douleur d'avoir senti si longtemps le
carcan de cette main de fer, elle était tombée
aux pieds de Juste, qui s'en alla. Mais, une
fois parti, la sentinelle, fidèle à sa consigne,
s'était relevée, avait ramassé son fusil et tiré
pour appeler le corps de garde aux armes.

Juste était alors au haut de la rue *Monte-
à-regret*.

— Ah! pensa-t-il, j'ai fait une faute d'avoir
épargné cette canaille, mais elle va la payer! »

Et il redescendit la rue, et, à soixante pas,
malgré le brouillard, il étendit roide mort la
sentinelle qui rechargeait son arme, — et il prit
sa volée pour nous rejoindre et nous avertir!

Mais le feu était à la poudre! On entendait des roulements de tambour du côté du

quartier de la ville que nous venions de quitter.
Nous hâtions le pas.

Derrière nous, à l'extrémité d'une des rues
que nous enfilions, nous vîmes une troupe que
nous crûmes les gens du corps de garde, et c'é-
taient eux probablement. Ils s'avançaient avec
précaution, car ils ne savaient pas notre nombre... *Qui vive!* firent-ils en s'approchant, mais
tous, excepté ceux qui portaient Des Touches,
nous leur répondîmes par une décharge de carabines, qui leur dit, du reste, avec une clarté
suffisante, que nous étions *les Chasseurs du Roi!*

Eux aussi tirèrent. Nous sentîmes le vent
de leurs balles qui ricochèrent contre les murs,
mais ne nous tuèrent personne. Il était évident
pour nous, à la mollesse de leur poursuite, que
ces hommes qui marchaient sur nous attendaient du renfort de la garnison réveillée, et
cette circonstance nous donna de l'avance, et
probablement nous sauva. Tout en marchant
presque à la course, partout où nous aperce-
vions un réverbère, d'un coup de feu il était
cassé! L'obscurité pleuvait donc dans ces rues
étroites, où la plus forte troupe n'aurait pu
déployer qu'un très-petit front. C'était là pour
nous un avantage. Ceux qui portaient Des
Touches étaient couverts par les neuf autres,
qui de minute en minute se retournaient et
tiraient, en se retournant. Nous touchions à la

porte du faubourg de la ville, et il était temps !
Au centre de Coutances s'élevait un grand tumulte. On entendait distinctement les cris :
Aux armes ! La ville était debout. Ceux qui,
derrière nous, avançaient, ne prenaient que le
temps de recharger leurs armes. A la dernière
décharge qu'ils firent sur nous, fatalité ! *M. Jacques* s'abattit, après avoir deux fois tourné
sur lui-même comme une toupie. J'étais près
de lui quand il tomba.

— Oh ! son pressentiment ! » pensai-je.

Et l'idée d'Aimée me traversa le cœur.

— Est-il mort ? » dis-je à Juste Le Breton,
qui l'avait relevé.

— Mort ou non, répondit-il, nous ne le
laisserons pas aux Bleus, qui se vengeraient de
nous en fusillant son cadavre ; » et, le levant de
ses deux bras d'Hercule, il le coucha sur les
épaules de ceux-là qui portaient Des Touches,
lequel eut ainsi son camarade de pavois !

Vingt minutes après, la ville était déjà
loin, noyée dans son brouillard et dans son
bruit, et nous, en pleine campagne, avec notre
double fardeau. Nous n'avions été ni traqués,
ni coupés, mais nous allions l'être, si la fue du
faubourg n'avait pas fini. Dans la campagne,
le brouillard était encore plus épais que dans
la ville. Une fois sortis des rues, les Bleus qui
nous poursuivaient, ne pouvaient savoir la di-

rection que nous allions prendre. D'ailleurs la
campagne, le hallier, le buisson, les routes perdues, tout cela nous connaissait ! Nous étions
des Chouans !

La Varesnerie, qui savait le pays par cœur,
nous fit prendre par les terres labourées. Puis
nous ouvrîmes une ou deux barrières fermées
seulement avec des couronnes de bois tors et
nous entrâmes dans des chemins qui ressemblaient à des ornières. Au bout de deux heures
de marche à peu près, nous descendîmes dans
un bas-fond où coulait une rivière au bord de
laquelle était amarré un grand bateau destiné
à charrier cet engrais que dans le pays on
nomme *tangue* et qu'on tire au *grelin*, le long
d'un chemin de halage, parallèle à la rivière
dans toute sa longueur.

C'est dans ce grand bateau que ceux qui
portaient Des Touches et *M. Jacques* les dépo-
sèrent, et c'est là que nous restâmes à attendre
le jour, heureux d'avoir délivré l'un, mais le
cœur glacé d'avoir perdu l'autre. Quand le jour
vint nous prendre, nous pûmes juger de la
blessure de *M. Jacques*. Il avait reçu une balle
en plein cœur. Nous l'enterrâmes au bord de
cette rivière inconnue, cet inconnu dont nous
ne savions rien, sinon qu'il était un héros !
Avant de l'étendre dans la fosse que nous lui
creusâmes avec nos couteaux de chasse, je cou-

pai à son bras le bracelet que lui avait tressé
Aimée, de ses cheveux plus purs que l'or, et
dont le sang qui le couvrait allait faire pour
elle une relique sacrée. Sans prêtres, loin de
tout, nous lui rendîmes le seul honneur que des
soldats puissent rendre à un soldat, en le saluant
une dernière fois du feu de nos carabines, et en
parfumant le gazon, sous lequel il allait dormir,
de cette odeur de la poudre qu'il avait toujours
respirée !

— Il n'est pas à plaindre, dit M. de Fierdrap,
qui crut répondre à la pensée secrète de mademoiselle de Percy. — Il est mort de la mort
d'un Chouan et il a été enterré au pied d'un
buisson, comme un Chouan, sa vraie place ! tandis que Des Touches, que l'abbé vient de voir
sur la place des Capucins, est probablement
fou, errant, misérable, et que Jean Cottreau, le
grand Jean Cottreau, qui a nommé la chouannerie et qui est resté seul de six frères et
sœurs, tués à la bataille ou à la guillotine, est
mort, le cœur brisé par les maîtres qu'il avait
servis, auxquels il a vainement demandé, pauvre
grand cœur romanesque, le simple droit, ridi-
cule maintenant, de porter l'épée ! L'abbé a
raison : ils mourront comme les Stuarts.

Mademoiselle de Percy n'eut pas le courage
de protester une seconde fois contre l'opinion
de ces blessés de la fidélité atteints au cœur,

qui, comme l'abbé et le baron, se plaignaient
entre eux des Bourbons, comme on se plain-
drait d'une maîtresse, car se plaindre de sa
maîtresse est peut-être une manière de plus de
l'adorer !

— Après les derniers devoirs rendus à
M. Jacques, reprit la conteuse, nous pensâmes
à délivrer de ses fers le chevalier Des Touches
que nous avions assis et appuyé, dans le bateau à tangue, contre le mât auquel on attache
le grelin. Ceux qui l'avaient pris lui avaient fait
comme une espèce de camisole de force avec
des chaînes croisées et recroisées, et ils les
avaient serrées au point de produire l'engour-
dissement le plus douloureux en cet homme
svelte et souple, dans les membres duquel dormait une force qui avait ses réveils, comme le
lion. Avec son instinct et son amour du combat, il avait dû furieusement souffrir d'entendre
passer les balles autour de lui, sur les épaules
de ses compagnons, et de n'en pouvoir cracher
une seule à l'ennemi ; mais la marque distinc-
tive du courage de Des Touches, c'était la patience de l'animal ou du sauvage sous la circonstance qui l'écrasait. C'était un Indien que
cet homme de Granville ! Il avait jusque-là,
dans la marche et dans la nuit, souffert de ses
chaînes en silence, mais, depuis qu'il faisait
jour et que nous n'avions plus l'ennemi aux

talons, il devait avoir hâte d'être délivré du
poids écrasant de ses fers! Tout à l'heure, il
faudrait reprendre notre route, et lui, libre,
serait un fier soldat de plus, si nous étions
attaqués, d'aventure, dans notre retour à Touffedelys. Nous essayâmes donc de forcer et de
rompre toute cette ferraille ; mais, n'ayant que
nos couteaux de chasse et les chiens de nos carabines, une telle besogne menaçait d'être longue
et peut-être impossible, quand un de ces ha-
sards comme il ne s'en rencontre qu'à la guerre
nous tira de l'embarras dans lequel nous nous
trouvions alors.

— Ah! c'est l'histoire de Couyart! dit en se
remuant voluptueusement dans sa bergère mademoiselle Sainte de Touffedelys, comme si on
lui avait débouché sous le nez un flacon de
l'odeur qu'elle eût préférée.

On voyait que cette histoire, dont l'héroïsme
n'agitait pas beaucoup son cervelet, tombait
enfin dans des proportions qui lui plaisaient.
Tout est relatif dans ce monde. Le temps avait
croisé le cygne des anciens jours d'une pauvre
oie, qui n'eût pas sauvé le Capitole. Mademoiselle de Touffedelys s'était presque animée...
Couyart était son horloger.

— Il est venu encore ce matin remonter la
pendule, dit profondément cette observatrice
ineffable.

Elle portait un vieil et grand ·intérêt à ce
Couyart, qui croyait aux revenants comme elle,
et qui l'entretenait perpétuellement, lorsqu'il
venait remonter le Bacchus d'or moulu, de tous
ceux qu'il voyait partout, car cela lui était ha-
bituel, à ce brave homme. Il ne pouvait sortir
même dans sa cour pour ce que vous savez,
sans en voir! C'était un homme timide, scru-
puleux, au parler doux, qui parlait comme il
marchait, dans des chaussons de velours de
laine qu'il portait toujours, par respect pour le
glacis du parquet des salons dont il remontait
les pendules. Il était délicat et nerveux; blanc
de visage comme une vieille femme, et, quoique
chauve du front et du crâne, coiffé assez drôlement à la Titus d'un reste de cheveux sur l'oc-
ciput et sur les oreilles, qu'il poudrait par
l'unique raison que c'était la mode des gens
comme il faut, avant *cette malheureuse révolution...* Il avait, disait-il, toujours été *aristocrate.*
Avec ses pratiques, et c'était toute la noblesse
de Valognes, il était de cette timidité qui flatte
les princes, quand un homme ne sait plus trouver ses mots devant eux. Exquise flatterie! Elle
lui était naturelle.

Il *coupotait* ses phrases des *hem! hem!* de
l'embarras, et les commençait par des *or donc*
impossibles; ce qui prouvait que les rouages
de la mécanique ne donnent pas les habitudes

du raisonnement. Lorsqu'il ne travaillait pas à
ses montres, assis, debout, en marchant, il
frottait éternellement avec satisfaction l'une
contre l'autre ses mains mollettes et pâlottes
d'horloger, accoutumées à tenir des choses dé-
licates et fragiles, et il faisait le bonheur des
enfants de la rue Siquet et de la rue des Reli-
gieuses, quand, en revenant de l'école, ils se
groupaient au vitrage de sa boutique pour le
voir devant son établi, couvert d'un papier
blanc et de verres à pattes sous lesquels il
mettait les rouages de ses montres, absorbé
tout entier dans sa loupe, et cherchant ce qu'il
appelait un *échappement*.

VIII

Le Moulin bleu.

ADEMOISELLE de Percy passa naturellement par-dessus la réflexion de l'ingénue mademoiselle Sainte de Touffedelys, et elle continua :

— Pendant que nous nous efforcions, baron, de délivrer Des Touches de ses chaînes, et je vous jure que cela nous parut un instant plus difficile que son enlèvement, nous vîmes poindre de loin un homme le long du chemin de halage. Saint-Germain, qui avait l'œil d'une vedette, l'avisa le premier qui s'en venait tranquillement de notre côté, et quand je dis tranquillement, je dis trop, il n'était déjà plus tranquille. Ce groupe d'hommes que nous formions de si bon matin, au bord de cette rivière, qui ne voyait pas d'ordinaire grand monde sur ses bords, ce groupe armé dont le soleil qui se levait, en dissipant le brouillard, faisait étinceler les carabines, inquiétait cet homme aux pas circonspects et presque cauteleux, car vous savez comme il marche, Sainte? Je l'ai toujours vu le même, ce Couyart! Il était là, au bord de cette rivière, où je le voyais pour la première fois, comme ici dans votre salon, quand il y vient pour la pendule. Oui, notre groupe, dont il ne se rendait pas de loin très-bien compte, l'inquiétait et le fit même se retourner, comme un chat prudent qui voit le danger et qui l'évite, et remonter le chemin de halage.

— On ne s'en va pas comme cela, mon mignon, dit Saint-Germain, quand on a le bonheur de rencontrer des *Chasseurs du Roi* avant son déjeuner, et je te promets que tu n'iras dire à personne, ce matin, que tu nous as vus. »

Et il arma sa carabine et il l'ajusta.

Il allait lui mettre certainement une balle au beau milieu des deux épaules, quand La Varesnerie, qui travaillait à casser une vis avec le dos de son couteau de chasse, dans un des ferrements de Des Touches, releva de ce couteau le canon de la carabine.

— Laisse cette bécasse! lui dit-il. Ce n'est pas un espion. C'est Couyart, Couyart de Marchessieux, qui s'en vient de Marchessieux à Coutances, où il est compagnon

2 j

horloger chez Le Calus, sur la place de la Cathédrale, vis-à-vis de l'hôtel de *Crux*. Je le connais, c'est un royaliste. Il m'a bien des fois remonté ma montre de chasse. Il arrive comme la marée en carême. C'est peut-être Dieu qui nous l'envoie, car un ouvrier horloger doit toujours avoir quelque outil ou quelque ressort de montre dans sa poche, et il va probablement nous donner le coup de main dont nous avons besoin dans l'endiablée besogne de cette ferraille.

Et comme il voyait que l'homme, craignant quelque encombre, s'était retourné, il éleva la voix et courut à lui :

— Hé! Couyart, fit-il, hé! hé! Couyart ! Ce sont des amis! »

L'horloger s'arrêta ; et, deux secondes après, nous le vîmes, chapeau bas, devant La Varesnerie, qui l'amena à nous, toujours chapeau bas.

Il n'était pas encore très-rassuré ; mais quand son petit œil d'oiseau pris, que l'on tient dans sa main, eut fait circulairement le tour de notre groupe :

— Eh! mon Dieu! dit-il, c'est donc vous aussi, monsieur Lottin de la Bochonnière (qui, de vrai, s'appelait Lottin) et c'est vous aussi monsieur Desfontaines. Or donc, j'ai bien l'honneur de vous présenter mes très-humbles

civilités et respects, et je vous prie de croire,
or donc, que je... hem! ne pensais du tout,
pas... hem! hem! à vous rencontrer de si bon
matin.

— Oui, c'est un peu jour pour nous, qui
sommes les chevaliers de la Belle-Étoile, dit
La Varesnerie, mais avant tout le service du
Roi! C'est le service du Roi qui nous a fait
passer la nuit à Coutances, et voilà pourquoi
nous ne sommes pas encore rentrés quand le
soleil qui se lève marque l'heure de notre
couvre-feu, à nous. Vous êtes un bon royaliste,
Couyart, et vous apprendrez avec plaisir que
nous avons fait de la besogne cette nuit à
Coutances; mais, mon brave Couyart, nous
avons besoin de vous ce matin pour l'achever.

— De moi, monsieur? — fit l'horloger, cette
créature de douceur et de paix, qui se voyait
au milieu de nous tous, appuyés sur des carabines, — je ne vois pas, hem! très-bien, hem!
hem! comment je... pourrais... Est-ce pour
l'heure? fit-il en se ravisant. Or, donc, j'ai
l'heure, — et il lança la plaisanterie inféodée à
l'horlogerie depuis la fabrication de la première
horloge : Je règle le soleil.

— Tenez, Couyart! dit La Varesnerie; écar-
tez-vous un peu, messieurs, car nous lui ca-
chions le bateau à tangue et Des Touches;
et il montra alors à l'horloger ébahi, dont les

yeux devinrent ronds ainsi que la bouche, le chevalier comme emmailloté dans ses fers. Tenez, voilà notre besogne, et la vôtre! Vous devez certainement avoir des outils de votre état sur vous, quelque lime ou un ressort de montre, ce qui vaudrait encore mieux! Eh bien, mon fils, limez-nous toute cette enragée ferraille-là, et vous pourrez vous vanter, quand le roi reviendra, d'avoir été l'un des libérateurs de Des Touches! »

Et voilà, baron, comme il le fut à sa manière, ce Couyart, comme nous, nous l'avions été à la nôtre. La Varesnerie avait prévu juste. Couyart, il nous le dit, avait toujours un tas d'outils dans ses poches.

— Travaillez donc, mon brave garçon, fit La Varesnerie, et soyez tranquille; je vous jure par Dieu et par tous les saints du calendrier que personne ne vous donnera de distraction, pendant que vous travaillerez. Vous ne serez pas interrompu, allez! Ceci nous regarde de vous préserver des importuns. »

Et nous battîmes un peu l'estrade autour de lui pendant qu'il travaillait. Ce travail, que nous n'aurions jamais pu faire sans lui, dura une moitié de journée. Jamais montre ou horloge, prétendit-il, ne lui avait donné plus de tablature et de *tintouin* que ces maudites chaînes ; mais il y mit la patience d'un homme

patient, qui m'étonne toujours beaucoup, moi,
et il y ajouta celle d'un horloger, qui m'est,
pour celle-là, tout à fait incompréhensible ! Ce
fut dur, mais il y parvint. Il s'en tira à son
honneur. Mais la peine que cela lui coûta
marqua tellement dans sa vie, à ce pauvre
diable de Couyart, que depuis ce temps-là
quand il voulait parler ou d'un raccommodage
compliqué dans ses horlogeries, ou de quelque
chose de prodigieusement difficile en soi, il
disait invariablement toujours : « C'est difficile,
ça, comme de *scier les fers de Des Touches!* »

Tout cela est à présent bien loin de nous,
monsieur de Fierdrap, et le temps, qui a mis
son éteignoir sur nos jeunesses, a si bien
éteint l'éclat que nous avons eu et le bruit que
nous avons fait dans les jours lointains d'autrefois, que cette locution de Couyart « *difficile
comme de scier les fers de Des Touches,* » cette
locution qui passe pour un tic de langage du
pauvre homme, personne ne sait plus ce qu'elle
veut dire ; mais nous trois, Ursule, Sainte et
moi, nous le savons !

Ce n'était pas la première fois qu'une note
mélancolique vibrait dans l'histoire de cette
noble vieille fille, d'ordinaire si peu mélancolique ; mais ce n'était là jamais qu'une note
qui passait vite dans ce récit, animé par la
gaieté d'un cœur si vaillant.

— Quant au chevalier Des Touches, reprit-
elle après le temps d'étouffer seulement un
soupir, dès qu'il fut rentré dans sa liberté et
dans sa force, il nous remercia avec courtoisie.
Il nous serra la main à tous. Quand il prit la
mienne, comme à l'un des Douze, il me reconnut sous ces habits d'homme que j'avais déjà
portés dans d'autres circonstances, mais sous
lesquels il ne m'avait pas vue encore. Il ne s'en
étonna pas. Qui s'étonnait de quelque chose
dans ce temps? Il savait que j'aimais les fusils
plus que les fuseaux. Et quelle meilleure
occasion, pour satisfaire ce goût-là, que la
nécessité de vivre de cette vie armée de partisans, qui était alors notre vie?

— Messieurs, nous dit-il, le Roi vous doit
un serviteur qui va recommencer son service.
Ce soir, j'aurai repris la mer. Le soleil va
bientôt décliner ; mais il est trop haut encore
pour que nous puissions nous montrer sur les
chemins réunis et en armes. Il faut nous
égailler. Seulement dans deux heures nous
pouvons nous rejoindre à ce moulin à vent
qui est ici à votre droite, sur une hauteur et
qui la couronne, et je vous y donne rendez-
vous.

— C'est le *Moulin bleu,* dit La Varesnerie.

— Bleu, en effet, reprit sombrement Des
Touches, car c'est dans ce moulin-là, messieurs,

que les Bleus m'ont pris par trahison et vous
ont donné la peine de me reprendre. J'ai juré
dans mon cœur que je leur payerais, argent
comptant, cette peine qu'ils vous ont donnée.
J'ai juré, — fit-il d'une voix éclatante comme
un cuivre, — que je vengerais la mort de
M. Jacques. Vous verrez si je tiendrai mon
serment! Avant que ce soleil, qui dit trois
heures d'après-midi, ait disparu sous l'horizon,
et moi dans la brume des côtes d'Angleterre,
je vous donne ma parole de Chouan que le
Moulin bleu sera devenu le *Moulin rouge,* et
que, dans la mémoire des gens de ces parages,
il ne portera plus d'autre nom ! »

Je le regardais pendant qu'il parlait, et
jamais, avec sa taille étreinte dans la ceinture
de sa jaquette de pilote, il n'avait été plus
l'homme de son nom de guerre, *la Guêpe;*
la guêpe qui tirait son dard et qui veut du
sang! Il me rappelait aussi ces lions *passant*
de blason, au râble étroit et nerveux, comme
celui des plus fines panthères, et onglé, à ce
qu'il semble, pour tout déchirer. Sa figure de
femme, que je n'aimais pas, mais que je ne
pouvais m'empêcher de trouver belle, respirait, soufflait, aspirait avec une telle férocité
la vengeance, qu'elle était cent fois plus terrible que si elle avait été de la plus crâne
virilité.

Tous les Douze, nous tombâmes sous l'action de ce visage de Némésis. Mais La Varesnerie eut probablement la prévision de
quelque chose d'épouvantable, qui devait
amener d'abominables représailles et noircir
un peu davantage la noire réputation des
Chouans, qui l'était bien assez comme cela.

— Et si nous n'allions pas à votre rendez-
vous, monsieur ? demanda La Varesnerie,
qu'en arriverait-il ?

— Rien, monsieur ! fit fièrement Des Touches, et dans le gonflement de ses narines
je vis passer comme le vent de l'épée. Je vous
voulais comme témoins d'une justice, mais je
n'ai besoin de personne pour faire moi-même
ce que j'ai résolu. »

La Varesnerie réfléchit un instant. Il y
avait du chef dans cette tête de La Varesnerie.
Il était jeune. Quelque temps après cette
époque, M. de Frotté le nomma major.

— Seul contre plusieurs peut-être, mur-
mura-t-il. Non, monsieur, nous vous avons
sauvé et nous vous devons au Roi. Nous irons
tous ; n'est-ce pas, messieurs ? »

Nous en convînmes, baron, et nous nous
quittâmes, en prenant des sentiers différents.
Je m'en allai, moi, avec ce Juste Le Breton,
que vous appelez mon favori, mon frère. Vous
avez raison ; il l'était, et je n'ai pas besoin

d'ajouter le *honni soit qui mal y pense,* car
avec les grâces de ma personne, qui pouvait
mal penser de moi ? Juste me disait en marchant :

— Que va-t-il faire, le chevalier Des
Touches ? Il a les outrages de deux emprison-
nements accumulés sur un cœur diablement
altier. »

Juste, comme moi, s'intéressait à Des Touches, parce qu'il ne voyait en lui que ce que
j'y voyais uniquement, l'homme de guerre, in-
différent à tout ce qui n'était pas la guerre et
ses farouches ambitions !

— Ils l'ont pris par trahison, continuait
Juste. Il a été livré aux Bleus, mais quand ? et
comment ? et à quel moment ? Car Des Touches,
c'est la vigilance et c'est l'insomnie ! »

Nous étions si préoccupés de ce qui allait
suivre, que nous remontâmes, sans nous apercevoir de la longueur du chemin, les pentes
de la hauteur où se trouvait perché le *Moulin
bleu,* comme on l'appelait dans le pays. En
proie au magnétisme de la curiosité, de l'idée
fixe, du lieu qu'on n'a pas vu et qu'on veut
voir, attirés par ce lieu, presque aspirés, comme
un enfant qui tombe dans la vague du bord
est aspiré par la mer, nous arrivâmes les premiers au lieu du rendez-vous, et nous nous
tînmes, à quelque distance du moulin à vent

26

en question, attendant nos compagnons, et probablement avant eux, Des Touches!

C'était un endroit bien tranquille. Sa hauteur était le résultat d'un mouvement de terrain très-doux, mais très-continu, qui, par conséquent, ne semblait rien pour les pieds une fois qu'on l'avait atteinte, mais qui était beaucoup pour les yeux, quand, en se retournant, on regardait derrière soi la route par laquelle on était venu. La surface de toute cette hauteur était revêtue d'une herbe courte, mais assez verte. Il y paissait chichement deux ou trois brebis. Il n'y avait là ni un arbre ni un arbuste, ni une haie, ni un fossé, ni une butte, ni quoi que ce soit qui pût faire obstacle au vent, qui était roi là, qui jouait là parfaitement à son aise et faisait tourner son moulin avec un mouvement d'une lenteur silencieuse. Rien ne craquait, ni ne grinçait, dans ce moulin, aux vastes ailes, dont les toiles tendues palpitaient parfois, à certains souffles plus forts, comme des voiles de navires! C'était donc là le *Moulin bleu*. Pourquoi l'appelait-on bleu?... Était-ce parce que la porte, les volets, la roue qui fait tourner le toit, et jusqu'à la girouette, tout était de ce bleu qu'on a nommé longtemps *bleu de perruquier*, par la raison que les perruquiers, depuis saint Louis, dit-on, en badigeonnaient leurs boutiques?

Tout ce qui n'était pas la muraille du moulin et ses ailes était de ce bleu pimpant et
joyeux, qui paraissait plus clair dans le bleu
plus foncé du ciel et dans cette chaude lumière
que lui envoyait un soleil de cinq heures du
soir qui ne le dorait pas encore. Pourquoi tout
ce bleu inconnu aux moulins à vent de la Normandie ? Était-ce pour justifier le jeu de mots,
recherché de tous les populaires ? C'était le
Moulin bleu, c'est-à-dire le moulin qui n'était
pas blanc ! Le moulin *patriote !* La porte coupée faisait en même temps porte et fenêtre, et
la partie qui faisait fenêtre était ouverte. Du
reste, personne ! ni meunier, ni meunière ; rien
que le moulin dans son large tournoiement solitaire, dont la rotation semblait s'accomplir au
fond d'un sac d'ouate, tant elle glissait dans le
silence ! et dont les ailes, courant, comme les
heures, les unes après les autres dans ce tournoiement placide et mesuré, ne tremblaient
même pas !

Ce ne fut pas long, ce silence... Un *pizzicato* de violon s'entendit, et passa par la porte
à moitié ouverte. Maigre et aigre, c'était une
chanterelle qui s'éveillait sous une main qui
dormait encore... une main de meunier qui a
de la farine de son moulin dans les oreilles, et
qui pour cela ne s'entend pas !

— « Quel bon air a ce moulin de la trahison !

dit Juste. Je ne suis pas surpris que Des Touches lui-même s'y soit trompé ! »

Cependant le *pizzicato* continuait, incertain,
vague, endormi, et perceptible seulement à cause
du profond silence de cette après-midi d'été et
de ce moulin, qui semblait tourner dans le vide !
Il y avait vraiment de quoi vous faire partager
cette sensation de somnolence dans laquelle
évidemment se trouvait plongé ce meunier invisible, qui rêvait de jouer plutôt qu'il ne jouait !

C'est à ce moment d'une sensation unique
pour moi, monsieur de Fierdrap, quand je pense
à ce qui l'a suivi, que Des Touches, que nous
attendions avec impatience, parut seul sur la
piètre pelouse de cette hauteur. Il devançait
les dix autres des Douze, mais il vit que nous
étions là, Juste Le Breton et moi. Il nous fit
le signe du silence. Il était sans armes et il
avait les mains vides. Depuis que nous l'avions
quitté, il n'avait pas arraché dans une haie de
quoi se faire seulement un bâton !

Il ouvrit la porte au loquet du moulin et
entra... Nous n'entendîmes plus le *pizzicato*...
cela s'arrêtant comme une montre qui faisait, il
n'y a qu'une minute, *tac, tac,* et qui ne va plus...

— Eh bien, ni toi non plus ! dit l'abbé à sa
sœur, qui s'était arrêtée, humant l'impression
qu'elle produisait, car elle voyait bien qu'elle
en produisait une sur M. de Fierdrap et sur

son frère. — Va donc, ma sœur. Va donc! et ne nous brûle pas à petit feu.

— Ce sont nos amis, » fit Juste Le Breton, qui les vit venir, reprit-elle, à cet instant que je puis appeler suprême à présent, mais qui n'était alors rempli que d'une anxiété sans nom.

Quand ils arrivèrent sur la hauteur et qu'ils nous aperçurent :

— Nous venons au rendez-vous, dit La Varesnerie. Où est le chevalier?

— Le voici! » lui répondis-je, attendu que depuis qu'il était dans le moulin, mes yeux n'avaient cessé de rester braqués sur la porte laissée ouverte derrière lui.

Il en sortait. Mais pouvait-on dire qu'il était avec quelqu'un? Il tenait par le cou, dans ses deux mains dont il lui faisait une cravate, le meunier du moulin bleu, grand et pansu, et qu'il traînait ainsi après lui, dans la poussière.

— Diable! fit Desfontaines, toujours Vinel-Aunis; le moulin n'est plus bleu tout seul, c'est aussi le meunier! »

Quand Des Touches parut sur le sol du moulin silencieux, d'où personne ne sortit que lui et ce meunier, qui ne semblait pas peser aux mains qui l'agrafaient, nous crûmes que c'était fini... qu'il l'avait tué, et c'était déjà assez tragique, n'est-ce pas, baron? Mais, bah! nous

allions avoir tout à l'heure un bien autre tragique sous les yeux !

Le meunier s'était évanoui sous les serres
de Des Touches. — Son sang, — c'était comme
un tonneau plein jusqu'à la bonde que cet
homme apoplectique, — son sang l'étouffait,
mais il vivait sans connaissance et le chevalier
Des Touches, qui connaissait la proportion de
la force de son effort à la force de son ennemi,
le chevalier des Touches savait que cet homme
immobile vivait...

— Messieurs, dit-il, c'est le traître, c'est le
Judas qui m'a livré aux Bleus ! Tout ce qui a
été massacré à Avranches, Vinel-Aunis probablement tué, *M. Jacques*, frappé cette nuit et
enterré par vous ce matin, et quinze jours où
ils m'ont fait boire l'outrage comme l'eau et
dévorer comme du pain les plus infâmes trai-
tements, tout cela doit être mis au compte de
cet homme que voilà, et dont le supplice
m'appartient... »

Nous écoutions, croyant qu'il allait faire
appel à nos carabines, mais il tenait toujours,
dans ses mains fermées, le cou de cet homme,
dont le corps pendait sur le sol et dont il avait
la tête énorme appuyée sur sa cuisse, comme si
c'eût été un tambour.

— Messieurs, reprit-il, il avait peut-être,
avec la lucidité du sang-froid qu'il gardait au

milieu de tout cela, vu quelques-unes de nos
mains se crisper sur le canon des carabines,
gardez votre poudre pour des soldats... Souvenez-vous, monsieur de La Varesnerie, que je
n'ai voulu les Douze de la Délivrance que pour
être les témoins de la Justice ! Moi seul, je me
charge du châtiment... Pierre le Grand, qui me
valait bien, que je sache, a été souvent, dans sa
vie, à la même minute, le juge et le bourreau. »

Nul de nous, qui l'entendions et qui le regardions, ne comprenions ce qu'il voulait faire ;
mais pour tenter seulement de faire ce à quoi
il pensait, il fallait être un miracle de force...,
il fallait être ce qu'il était !... Il resta, d'une
main tenant cette tête de taureau du meunier
et il la plaça entre ses deux genoux, en montant brutalement à cheval sur sa nuque... Nous
crûmes qu'il allait la luxer. Mais ce n'était pas
cela encore, monsieur de Fierdrap ! Ce meunier
avait une ceinture, une de ces ceintures comme
en portent encore les paysans de Normandie ;
tricots flexibles et forts, qui soutiennent les
reins de ces hommes de peine, et nous dîmes :
« Il va l'étrangler ! » en lui voyant dénouer
cette ceinture de son autre main ; mais à chaque
geste, nous nous trompions !

Non, ce fut quelque chose d'inattendu et
de stupéfiant ! Il prit, ayant l'homme entre les
genoux, une des ailes du moulin qui passait et

il l'arrêta net dans son passage! Ce fut si
magnifique de force, que nous nous écriâmes...

Il tenait toujours son aile avec ses deux
mains.

— On vous cite, monsieur Juste Le Breton, lui dit-il, comme un des plus forts poignets
de tout le Cotentin. Eh bien, seriez-vous homme
à me tenir une seule minute cette aile de moulin que je viens d'arrêter?... »

Juste ne résista pas. Des Touches le saisis-
sait par son amour, son idolâtrie de sa force,
par cet enivrement de la Force dont il a été
puni plus tard en tombant sous une blessure
de rien... Juste prit avec orgueil l'aile du moulin des mains du chevalier, et, sous le coup de
cette rivalité qui décuple les forces humaines,
il la contint! Il la contint pendant le temps
que Des Touches lia avec sa ceinture le meunier qu'il avait couché sur toute la longueur de
cette aile, laquelle, dès qu'elle ne fut plus
contenue, reprit son grand mouvement, mesuré
et silencieux.

Ah! c'était là un carcan étrange! n'est-il
pas vrai, baron? une exposition comme on n'en
avait jamais vue que cet homme lié sur son aile
de moulin, qui tournait toujours! Le mouvement, l'air qu'il coupait en décrivant ainsi dans
les airs le grand orbe de cette aile, qui l'y faisait
monter tout à coup pour en redescendre, et en

redescendre pour y monter encore, le firent revenir à lui. Il rouvrit les yeux. Le sang qui
menaçait de lui faire éclater la face comme le
vin trop violent fait éclater le muid, retomba
le long de son corps et il pâlit... Des Touches
eut un mot de marin.

— C'est le mal de mer qui commence, fit-il
cruellement. »

Le meunier, qui avait d'abord ouvert les
yeux, les referma comme s'il eût voulu se soustraire à l'horrible sensation de cet abîme d'air
qu'il redescendait sur l'aile, l'implacable aile de
ce moulin, remontant éternellement pour redescendre, et redescendant pour remonter... Le
soleil qui brillait en face dut mêler la férocité
de son éblouissement à la torture de cet étrange
supplicié, qui allait ainsi par les airs ! Le malheureux avait commencé par crier comme une
orfraie qu'on égorge, quand il avait repris connaissance ; mais bientôt il ne cria plus... Il
perdit l'énergie même du cri... l'énergie du
lâche ! et il s'affaissa sur cette toile blanche de
l'aile du moulin, comme sur un grabat d'agonie. Je crois vraiment que ce qu'il souffrait
était inexprimable... Il suait de grosses gouttes
que l'on voyait d'en bas reluire au soleil sur
ses tempes... Ces messieurs regardaient les
yeux secs, la lèvre contractée, impassibles...
Mais moi, monsieur de Fierdrap (et mort Dieu !

27

c'était pour la première fois de ma vie), je sentais que je n'étais pas tout à fait aussi homme que je le croyais ! Ce qu'il y avait de femme cachée en moi s'émut, et je ne pus m'empêcher de dire à ce terrible vengeur de chevalier Des Touches :

— Pour Dieu, chevalier, abrégez un pareil supplice. »

Et je lui tendis ma carabine, à lui qui était désarmé !

— Pour Dieu donc et pour vous, mademoiselle ! répondit-il. Vous avez fait assez cette nuit même, pour que je ne puisse vous rien refuser. »

Et, se plaçant bien en face, à trente pas, avec l'adresse d'un homme qui tuait au vol les hirondelles de mer dans un canot que la vague balançait comme une escarpolette, il tira son coup de carabine si juste, quand l'aile du moulin passa devant lui, que l'homme étendu sur cette cible mobile fut percé d'outre en outre, dans la poitrine.

Le sang ruissela sur la blanche aile qu'il empourpra et un jet furieux qui jaillit comme l'eau d'une pompe, de ce corps puissamment sanguin, tacha la muraille d'une plaque rouge. Il n'avait pas menti, le chevalier Des Touches ! Il venait de changer ce riant et calme *Moulin bleu* en un effrayant moulin rouge. S'il existe

encore, ce moulin qui fut le théâtre du supplice
d'un traître, dont la trahison dut avoir des
détails que nous n'avons jamais sus, mais bien
horribles pour rendre un homme si implacable,
on doit l'appeler encore le *Moulin du Sang*...
On ne sait plus probablement la main qui l'a
versé ; on ne sait plus pourquoi il fut versé,
ce sang qui tache ce mur sinistre, mais il doit
y être, visible toujours, et il y parlera encore
longtemps, dans un vague terrible, d'une chose
affreuse qui se sera passée là, quand il n'y
aura plus personne de vivant pour la raconter !

— C'était décidément un rude homme que
la *belle Hélène !* fit pensivement l'abbé.

— Le rude homme, mon frère, n'était pas
encore apaisé après cette vengeance et ce supplice, continua mademoiselle de Percy. Nous
crûmes qu'il l'était... il nous détrompa quelques instants après. Nous quittâmes ensemble
cette hauteur pour retourner, les uns à Touffedelys, les autres où ils voudraient, puisque
nous avions réussi dans notre seconde expédition. C'étaient les derniers pas que nous faisions en troupe. Comme l'avait dit cet exact
chevalier Des Touches, le soleil n'était pas encore tombé sous l'horizon. Déjà loin sur les
routes d'en bas, moi, qui marchais à côté de
Juste Le Breton, je me retournai et je jetai
un dernier regard sur la hauteur abandonnée.

Le soleil, qui rougissait comme s'il eût été humilié de se baisser vers la terre, envoyait comme
un regard de sang à ce moulin de sang... Le
vent qui venait de la mer, de cette mer qu'allait tout à l'heure reprendre Des Touches, faisait tourner plus vite dans le lointain les ailes
de ce moulin à vent qui roulait dans l'air as-
sombri son cadavre, quand je crus voir de son
toit pointu se lever des colonnettes de fumée.
Je le dis dans les rangs.

— Il n'y a que le feu qui purifie, » dit Des
Touches.

Et il nous apprit qu'il avait mis le feu dans
l'intérieur du moulin, et le chouan, qui ne dé-
faillait jamais en lui, ajouta avec le joyeux
accent de la guerre :

— Ce sera de la farine de moins pour le
dîner des patriotes ! »

Le feu avait couvé depuis que nous étions
partis, et quand la flamme s'élança de l'amon-
cellement de fumée qui s'était fait tout à coup
sur la hauteur et qui l'avait cachée :

— « On allume des cierges pour les morts, dit
Des Touches, voici le mien pour *M. Jacques !*
Cette nuit dans les brumes de la Manche, j'ai-
merai à en suivre longtemps la lueur. »

IX

Histoire d'une rougeur.

EPENDANT, après avoir marché quelque temps encore, continua toujours mademoiselle de Percy, nous arrivâmes à une étoile formée par plusieurs routes qui se croisaient et qui conduisaient aux différentes villes et bourgades de la contrée. C'était là qu'on devait se séparer, après la dernière poignée de main. Les uns prirent la route de Granville et d'Avranches, les autres s'en allèrent du côté de Vire et de Mortain. On convint de se réunir à Touffedelys, s'il devait y avoir bientôt une nouvelle levée d'armes. Des Touches prit, lui, la route qui menait directement à la côte. Juste Le Breton et moi fûmes les seuls d'entre les Douze qui restâmes jusqu'au dernier moment avec cet homme, l'objet pour nous d'un intérêt devenu tragique et d'une curiosité qui n'a jamais été entièrement satisfaite.

Nous devions revenir à Touffedelys par les
Mielles, comme on appelle ces grèves, et en
suivant la mer et sa longue ligne sinueuse.
Quand nous sortîmes des terres labourées pour
entrer dans les sables, la nuit était tombée et
la lune avait eu le temps de se lever. C'était le
chevalier qui nous menait, comme quelqu'un
qui sait où il va. Avec son expérience de marin
il connaissait, à une minute près, l'heure de la
marée qui devait le porter en Angleterre. Nous
avions pensé, sans avoir eu besoin de nous le
dire, qu'il avait à son commandement quelque
pêcheur dévoué sur cette côte écartée. Mais
quel ne fut pas notre étonnement, quand la
dernière dune que nous montâmes avec lui
nous permit de découvrir la mer, battant son
plein, brillante et calme, sur une ligne immense, mais profondément solitaire. Il n'y avait
là ni un être vivant qui attendît Des Touches,
ni une barque, couchée à la grève, qu'on pût
mettre à flot, et qui pût l'emporter.

— Ah! dit-il presque joyeusement, aujour-
d'hui je suis, par Dieu! bien sûr qu'il n'y a pas
d'espions dans la grève! Depuis ma prison ils
ont pu dormir et ils n'ont pas encore eu la
nouvelle de ma délivrance, qui va les réveiller
du péché de paresse. Ils me croient guillotiné
de ce matin, et prennent *campos,* messieurs les
gardes-côtes. »

— Quels veaux marins ! — interrompit M. de
Fierdrap, qui, en sa qualité de grand pêcheur,
ne pouvait souffrir aucune surveillance mari-
time, de quelque nature qu'elle pût être ; — ils
ont toujours été les mêmes sous tous les ré-
gimes, ces soldats amphibies ! Avant la Révolution il fallait, pour obtenir la croix de Saint-
Louis, si l'on n'avait pas fait d'action d'éclat,
vingt-cinq ans de service comme officier ; mais,
dans les gardes-côtes, il en fallait cinquante.
Cela les classait.

— Oui, — dit mademoiselle Ursule, assez indifférente pour l'instant à l'honneur militaire, et
qui dit *oui* comme elle aurait dit *non ;* — mais
qu'ils avaient donc un joli uniforme, avec leurs
habits blancs à retroussis vert de mer ! ajouta-
t-elle, rêveuse. Elle revoyait peut-être cet uni-
forme-là sur quelque tournure qui lui avait plu
dans sa jeunesse, et tout cela passait comme
une mouette dans une brume, au fond du
brouillard gris de ses pauvres petits souvenirs. »

Mais mademoiselle de Percy se souciait bien
des rêves de mademoiselle Ursule et des haines
méprisantes du baron de Fierdrap ! elle passa
donc outre et reprit :

— Mais comment vous embarquerez-vous,
chevalier ? lui dis-je, je ne vois pas une planche
sur cette grève, et vous n'avez pas le projet

peut-être d'aller de la côte de France à la côte
d'Angleterre à la nage?

— On pourrait y aller, me dit-il sérieusement. Qui sait s'il ne s'en sentait pas la force?
— Mais, mademoiselle, s'il n'y a pas de planches
sur la grève, il y en a dessous. »

Alors nous connûmes la prudence et l'esprit
de ressource de cet homme né pour la guerre
de partisan. Il avait cette mémoire des lieux
qui fait le pilote, et il ne l'avait pas que sur la
mer. Il s'orienta sur le sol où nous étions, et
tira de la ceinture de sa jaquette une serpette,
qu'il avait prise dans le moulin sans doute, car
les Bleus n'auraient pas osé laisser à un pareil
homme seulement la pointe d'une lame de couteau, et il se mit avec cette serpette à creuser
le sable, comme font les pêcheurs de lançon.

— On ferait mieux de dire les chasseurs, interrompit M. de Fierdrap, sérieux comme un
dogme. Je n'ai jamais compris la pêche sans
de l'eau. »

En quelques secondes, reprit la conteuse,
Des Touches eut déterré une bêche et dix minutes après, il eut déterré son canot. C'est lui-
même qui l'avait ensablé à cette place lors de
son dernier débarquement. C'était sa coutume,
nous dit-il. Il ne se confiait jamais à personne.

Obligé d'entrer dans les terres pour y porter
à tel ou tel endroit les dépêches dont il était

chargé, il ne pouvait laisser ce canot, qu'il avait fait lui-même, à un amarrage quelconque, où les gardes-côtes l'auraient surpris. Quand il l'eut déterré, il le porta à la mer, et pour cela il n'eut pas besoin de toute sa force. C'était une plume que ce canot. Il sauta sur cette plume, qui se mit à danser mollement sur la vague. Il était déjà redevenu « la *Guêpe,* » il allait redevenir « le *Farfadet !* »

Il maintenait de sa rame, piquée dans le sol, la barque qui s'enlevait sur la vague comme un cheval ardent qui piaffe.

— Adieu, mademoiselle, et vous aussi, monsieur Juste Le Breton ! — nous dit-il, debout sur l'avant de sa barque, et il nous salua de la main.

— Quand nous reverrons-nous ? et même nous reverrons-nous ? Les paysans sont las ; la guerre fléchit ; ne parlent-ils pas là-bas de pacification encore ?... Il faudrait qu'un des Princes vînt ici pour tout rallumer... et il n'en viendra pas ! ajouta-t-il avec une expression méprisante qui me fit mal, et que j'ai bien des fois rencontrée sur les lèvres de serviteurs, pourtant fidèles, — et elle jeta un regard de reproche à son frère. — Je n'en amènerai pas un à cette côte, dans ce canot qui y apporta *M. Jacques.* Si cette guerre finit, que deviendrons-nous ? Du moins moi, qui ne suis propre qu'à la guerre.

J'irai me faire tuer quelque part, et cette côte-ci
n'entendra plus parler de Des Touches! »

Nous lui renvoyâmes son adieu.

— Il est temps de partir, fit-il, voici le reflux. »

Il cessa de maintenir la barque mobile sur
le flux écumeux du bord, et d'un de ces nerveux coups de rame comme il savait en donner,
il la fit monter sur cette mer qui le connaissait,
et disparut entre deux vagues pour reparaître
comme un oiseau marin, qui plonge en volant
et se relève, en secouant ses ailes. C'était à se
demander qui des deux reprenait l'autre, si
c'était lui qui reprenait la mer ou si la mer le
reprenait! Nous le suivîmes des yeux par ce
clair de lune, qui rendait les ondulations de
l'eau lumineuses; mais la houle, qu'il trouva
quand il fut au large, finit par nous cacher
cette espèce de pirogue de si peu de bois, qu'il
montait; ce mince canot presque fantastique!
Le *Farfadet* s'était évanoui... Nous nous diri-
geâmes vers Touffedelys par les dunes; il faisait superbe. J'ai vu rarement, dans ma vie de
chouanne à la belle étoile, une plus belle nuit.
Nous entendions de moins en moins le bruit
de la mer, qui s'éloignait et qui commençait à
découvrir ses premières roches. Du côté des
terres, tout était calme : la brise de la mer
mourait à la grève, les arbres étaient immo-
biles. Sur la hauteur, dans le lointain bleuâtre,

achevait de brûler, en silence et sans secours,
le moulin à vent solitaire, que l'incendie avait
mutilé et qui n'avait plus que trois ailes qui
tournaient encore. Placées de manière à être
atteintes les dernières par la flamme, elles
avaient fini par s'enflammer. L'une d'elles avait
brûlé plus vite que les autres, mais les trois
autres avaient pris aussi, et elles flambaient,
et, en tournant, leur roue faisait pleuvoir des
étincelles, comme dans l'après-midi elle avait
fait pleuvoir du sang. Quoiqu'il fût déjà loin
en mer à cette heure, le terrible brûleur de ce
moulin pouvait le voir se consumant dans cet
air sans vent, avec sa flamme droite comme
celle d'un flambeau, par cette nuit transparente,
qui n'avait pas une vapeur, chose rare sur la
Manche, cette mer verte comme un herbage,
dont les brumes seraient la rosée. Je ne sais
quelle tristesse me saisit, moi, la grosse rieuse.
La femme, que j'avais sentie en moi, quand
j'avais vu Des Touches si cruel, je la ressentis
encore qui revenait sous mes habits de chouan...
La pitié m'inondait le cœur pour Aimée, à qui
j'allais avoir à apprendre la mort de *M. Jacques,*
cette mort que Des Touches avait vengée, ce
qui ne la consolerait pas !

Mademoiselle de Percy s'arrêta de cette fois,
comme quelqu'un qui a fini son histoire. Elle
rejeta les ciseaux dont elle avait gesticulé, dans

les tapisseries, empilées avec leur laine sur le
guéridon.

— Voilà, baron, dit-elle à M. de Fierdrap,
cette histoire de l'enlèvement de Des Touches
que mon frère vous avait promise.

— Et que vous avez fort bien *narrée,* ma chère
Percy, — fit mademoiselle Sainte qui, voulant
être aimable, lui envoya de sa bouche innocente
l'éloge cruel de ce mot déshonorant. »

Mais le baron de Fierdrap, qui avait parlé
si légèrement du chagrin d'Aimée, l'antisenti-
mental pêcheur de dards, qui ne se souciait
guère de ceux de l'amour, disait l'abbé, quand
il était en verve de calembredaines, le baron de
Fierdrap était devenu tendre ; il était redevenu
le baron Hylas, et il voulut qu'on lui parlât
d'Aimée.

— Ce fut moi, lui dit donc mademoiselle de
Percy, qui lui appris la mort de son fiancé. Elle
pâlit comme si elle allait mourir elle-même et
elle s'enferma pour cacher ses larmes. Chez
Aimée, vous l'avez vu, baron, tout porte en
dedans, et le dehors ne perd jamais son calme.
La seule chose extérieure de ce chagrin, renfermé dans son cœur, comme une relique dans
une châsse scellée, fut la funèbre fantaisie de
faire déterrer celui qu'elle appelait son mari,
du pied du buisson où nous l'avions couché,
et de le rouler dans cette robe de noces qu'elle

avait portée un seul soir et qu'elle lui tailla en linceul.

Plus tard, lorsque les prêtres furent revenus et les églises rouvertes, pieuse comme elle est, ne pouvant supporter l'idée de ne pas reposer un jour près de lui, elle le fit transporter en terre sainte. Tout cela eut lieu, baron, sans éclat, sans retentissement, pour l'apaisement de son cœur, dont elle couvre le navrement sous des sourires qui entr'ouvriraient le ciel à des malheureux moins malheureux qu'elle. Quand, au milieu de son désespoir et de cette pâleur qu'elle a gardée toujours depuis cette époque, car elle n'a jamais repris entièrement cet incarnat de cœur rose-mousse entr'ouverte qui la faisait la rose reine des roses de Valognes, où la moindre des filles des rues éblouit de fraîcheur, quand on lui apprit que Des Touches était sauvé, elle eut encore ce coup de soleil inexplicable qui la faisait devenir une statue de corail vivant.

Et inexplicable elle est restée, monsieur de Fierdrap, cette rougeur inouïe! Les années sont venues, le temps a marché, la vie n'est plus pour elle qu'un grand silence dans une seule pensée ; la surdité, l'isolante surdité, a bâti son mur entre elle et les autres, et l'a *renfermée dans sa tour,* comme elle dit. Eh bien, que le nom de Des Touches dont on

parle bien peu maintenant, soit dit par hasard
devant elle, et que ce jour-là soit aussi un
jour où elle entende, la rougeur reparaîtra
brûlante sur ces tempes d'une pureté de fille
morte vierge, et où les cheveux blancs, si elle
n'était pas blonde, auraient commencé à
glisser leurs pointes argentées. C'est incroyable,
baron, mais cela est. Tenez, je ne voudrais
jamais lui faire volontairement la moindre
peine, à cette noble fille, mais si je n'étais pas
retenue par cette crainte, et que, me levant
de ma place, j'allasse jusqu'à elle qui travaille
à son feston sous cette lampe depuis trois
heures sans avoir entendu un seul mot de ce
que nous avons dit, et que je lui criasse à
l'oreille :

— Aimée, le chevalier Des Touches n'est
pas mort ! L'abbé vient de le rencontrer sur
la place ! »

Parions, baron, que la rougeur, l'inexplicable rougeur reparaîtrait sur le visage de la
fiancée de *M. Jacques,* qui n'a jamais aimé
que lui...

— Je ne dis pas non, dit l'abbé profondément. Cela est sûr qu'elle aimait *M. Jacques.*
Mais qui sait, fit-il en baissant la voix, précaution inutile pour elle, mais comme s'il avait
craint pour lui-même ce qu'il disait... si, par
impossible, elle n'était pas aussi pure... »

... Et il s'arrêta, n'osant pas achever, ayant, cet abbé grand seigneur, non plus peur seulement de sa parole, mais de sa pensée.

— Oh! mon frère! dit mademoiselle de Percy avec un cri mélangé du sentiment de l'horreur et de l'impossibilité de la chose, en frappant le parquet d'un pied de reine Berthe, indigné... »

Et les deux Touffedelys elles-mêmes devenues des sensitives, car la bêtise a parfois de ces moments-là où elle devient sensible, avaient reculé leurs fauteuils avec une énergie de croupe vertueuse, qui disait combien la pensée de l'abbé les scandalisait.

L'abbé n'acheva pas... Il en avait assez dit. Le prêtre est toujours le plus profond des moralistes. Le regard, aiguisé par la confession, va toujours plus avant que celui des autres hommes. Le Zahuri, dit-on, voit le cadavre à travers les gazons qui le couvrent. Le prêtre, c'est le Zahuri de nos cœurs.

Il regarda le baron de Fierdrap, qui cligna, mais qui, lui aussi n'ajouta pas une syllabe. Ce fut un point d'orgue singulier. Le tonneau de Bacchus sonna deux heures. Les chiens de M. Mesnilhouseau ne hurlaient plus. Le silence, que ne fouettait plus la pluie, s'entassait au dehors et tombait dans ce salon, dont le feu était éteint et dont le grillon, cette cigale de l'âtre, que mademoiselle Sainte appelait un *criquet,* s'était endormi.

— Tiens ! dit le baron de Fierdrap, je n'ai pas pris mon thé, de toute cette histoire ! Il ouvrit sa théière et y plongea son nez. L'eau, à force de bouillir, s'était évaporée.

— Image de tout ! fit l'abbé très-grave. Allons-nous-en, Fierdrap ! laissons ces demoiselles se coucher. Nous avons fait une vraie débauche de causerie, ce soir.

— Il n'est pas tous les jours fête, dit le baron. Seulement, j'ai une diable d'envie d'être à demain. Puisque tu es sûr de l'avoir vu ce soir sur la place des Capucins, nous aurons peut-être demain des nouvelles du chevalier Des Touches. »

Et ils s'en allèrent, mademoiselle de Percy ayant englouti sa vaste personne et son baril oriental sous son coqueluchon de tiretaine. L'abbé, qui avait plus raison que jamais de l'appeler « son gendarme, » lui prit le bras d'autorité, et lui chantonna à demi-voix, en traînant ses sabots par les rues, les premières paroles d'une chanson qu'il avait faite, un jour, pour elle :

> Je connais un militaire
> Qui va disant son bréviaire
> Et qui, dans son régiment,

N'a qu'un soldat, seulement...
C'est une fille un peu fière !
Plan, r'lantanplan ! r'lantanplan, plan, plan !

Le baron avait allumé, comme l'abbé, sa
lanterne, et tous les trois ils reconduisirent
pompeusement jusqu'à son couvent mademoiselle Aimée, à laquelle, par déférence pour une
telle pensionnaire, les Dames Bernardines
avaient accordé la permission de rentrer tard.
L'abbé, sa sœur et le baron étaient plus ou
moins impressionnés par cette histoire d'un
des héros de leur jeunesse, mais ils l'étaient
moins à coup sûr qu'*une autre personne* qui
était là, et dont je n'ai rien dit encore. Dans
l'attention qu'ils donnaient à ce qu'ils disaient,
ils l'avaient oubliée et j'ai fait comme eux...
Cette autre personne n'était qu'un enfant,
auquel ils n'avaient pas pris garde, tant ils
étaient à leur histoire ! et lui, tranquille sur
son tabouret, au coin de la cheminée, contre le
marbre de laquelle il posait une tête bien pré-
maturément pensive. Il avait environ treize
ans, l'âge où, si vous êtes *sage,* on oublie de
vous envoyer coucher dans les maisons où l'on
vous aime ! Il l'avait été, ce jour-là, par hasard
peut-être, et il était resté dans ce salon antique, regardant et gravant dans sa jeune
mémoire ces figures comme on n'en voyait que

rarement dans ce temps-là et comme maintenant on n'en voit plus! s'intéressant déjà à
ces types dans lesquels la bonhomie, la comédie et le burlesque se mêlaient, avec tant de
caractère, à des sentiments hauts et grands!
Or, si elle vous a intéressé, c'est bien heureux
pour cette histoire, car sans lui elle serait en-
terrée dans les cendres du foyer éteint des
demoiselles de Touffedelys, dont la famille
n'existe plus et dont la maison de la rue des
Carmélites, à ces cousines de Tourville, est
habitée par des Anglaises en *passage* à Valognes; et personne au monde n'aurait pu vous
la raconter et vous la finir! puisque, vous
venez de le voir, cette histoire n'était pas finie!
Mademoiselle de Percy ne l'avait pas achevée,
et elle ne l'acheva jamais. Elle en était restée
à cette rougeur sur laquelle l'abbé avait mis
avec un seul mot une lumière qui avait ré-
volté sa sœur. Mademoiselle de Percy avait foi
en Aimée, et les sentiments de cette âme
robuste ne chancelaient point. Aimée de Spens
garda son secret, et mademoiselle de Percy
garda son respect pour Aimée. Elle mourut,
la croyant la Vierge-Veuve, comme elle l'appelait, digne d'entrer au ciel avec deux palmes,
les deux palmes des deux sacrifices accomplis!
L'abbé, qui avait le tact d'un grand esprit, ne
fit jamais une réflexion et ne parla jamais du

chevalier Des Touches à mademoiselle de
Spens, qui, ayant perdu les Touffedelys après
mademoiselle de Percy, se cloîtra sans prendre
le voile et ne sortit plus de son couvent.

Mais l'enfant dont j'ai parlé grandit, et la vie,
la vie passionnée avec ses distractions furieuses
et les horribles dégoûts qui les suivent, ne
put jamais lui faire oublier cette impression
d'enfance, cette histoire faite, comme un thyrse,
de deux récits entrelacés, l'un si fier et l'autre si
triste ! et tous les deux, comme tout ce qui est
beau sur la terre et qui périt sans avoir dit son
dernier mot, n'ayant pas eu de dénoûment !
Qu'était devenu le chevalier Des Touches ?... Le
lendemain, sur lequel le baron de Fierdrap comptait pour avoir de ses nouvelles, n'en donna point.
Nul dans Valognes n'avait connaissance du chevalier Des Touches, et cependant l'abbé n'était
pas un rêveur qui voyait à son coude ses rêves
comme mesdemoiselles de Touffedelys et
Couyart. Il avait vu Des Touches. C'était donc
une réalité. Il était donc passé par Valognes,
mais il était passé... D'un autre côté, quelle était
dans la vie de cette belle et pure Aimée de Spens
cet autre mystère qui s'appelait aussi Des
Touches ?... Deux questions suspendues éternellement au-dessus de deux images, et aux-
quelles, après plus de vingt années, vaincue
par l'acharnement du souvenir, la circonstance

répondit! Qui sait? A force de penser à une chose, on crée peut-être le hasard.

Le hasard m'apprit en effet, parce que je n'avais jamais cessé de penser à cet homme et de m'informer de son destin, qu'il vivait... et que mon grand abbé de Percy ne s'était pas trompé quand il l'avait vu et qu'il l'avait pris pour un fou. De Valognes, qu'il avait traversé, comme le roi Lear, par la pluie et par la tempête, revenant d'Angleterre, échappé à ceux qui le gardaient et le ramenaient dans son pays, il était allé tomber dans une famille qu'il avait épouvantée de la folie furieuse dont il était transporté. L'ambition trahie, les services méconnus, la cruauté du sort, qui prend parfois les mains les plus aimées pour nous frapper, tout cela avait fait de cet homme, froid comme Claverhouse, un fou à camisole de force, dont la vigueur irrésistible offrait le danger d'un fléau. On l'avait ténébreusement interné dans une maison de fous, où il vivait depuis plus de vingt ans. Je sus tout cela peu à peu, par lambeaux, comme on apprend les choses qu'on vous cache, mais quand je le sus, je me jurai de me donner la vue de cet homme, qu'une femme, qui l'avait connu, avait mis sa force d'impression à me peindre comme me l'eût peint un poète. L'état dans lequel je trouverais cet homme héroïque, mort tout entier et pourrissant dans le plus affreux des sépulcres : une maison de fous ! était une raison de plus pour m'en donner le spectacle. C'est si bon de tremper son cœur dans le mépris des choses humaines, et entre toutes, de la gloire qui gasconne avec ceux qui se fient à elle et qui croient qu'elle ne peut tromper !

Il fut donc un jour où je pus le voir, ce chevalier Des Touches, et raccorder dans ma pensée sa forme jeune, svelte et terrible, comme celle de Persée qui coupe la tête à la Gorgone, et la figure d'un vieillard, dégradé par l'âge, la folie, tous les écrasements de la destinée. Ce que je fis pour cela est inutile à dire, mais je pus le voir... Je le trouvai assis sur une pierre, car depuis longtemps il n'était plus fou à lier, dans une cour carrée, très-propre et très-blanche, avec des arceaux à l'entour. Depuis qu'*il n'était plus méchant,* on l'avait retiré des cabanons et on le laissait vaguer dans cette cour, où des paons tournaient autour d'un bassin, bordé de plates-bandes qui étalaient des nappes de fleurs rouges. Il les regardait, ces fleurs rouges, avec ses yeux d'un bleu de mer, vides de tout, excepté d'une flamme qui brûlait là sans pensée, comme un feu abandonné où personne ne se chauffe plus. La beauté de la *belle Hélène*, de cet homme qui avait été plus célestement beau que la belle Aimée, avait dit

mademoiselle de Percy, était détruite, radicale-
ment détruite, mais non sa force. Il était encore
vigoureux, malgré l'épuisement de vingt ans de
folie, qui auraient consumé tout homme moins
robuste. Il était vêtu tout en molleton bleu,
avec des boutons d'os, et un foulard de Jersey
au cou, comme un matelot, et c'était bien cela;
Il avait l'air d'un vieux matelot, qui attend à
terre et qui s'y ennuie. Le médecin me dit que
l'âge venant et les furies ayant été remplacées
par de la démence, le désordre le plus profond
et le plus irrémédiable s'était fait dans ses
facultés; qu'il se croyait gouverneur de ville,
âgé de deux mille ans, et que certainement je
n'en tirerais pas un éclair de lucidité. Mais je
n'y allai point par quatre chemins, et, d'emblée,
je lui dis brusquement :

— C'est donc vous, chevalier Des Touches !

Il se leva de son arceau, comme si je l'eusse
appelé, et m'ôtant sa casquette de cuir verni, il
me montra un crâne chauve et lisse, comme
une bille de billard...

— C'est singulier, dit le docteur, je n'aurais
jamais pensé qu'il eût répondu à son nom,
tant il a perdu la mémoire !

Mais moi que ceci animait :

— Vous souvenez-vous, lui dis-je à bout
portant, de votre enlèvement de Coutances,
monsieur Des Touches ?...

Il regardait dans l'air comme s'il y voyait
quelque chose...

— Oui, dit-il, cherchant un peu. Coutances !
et, ajouta-t-il sans chercher, et le juge qui m'a
condamné à mort, le coquin de... !

Il le nomma. C'était encore un nom porté
dans la contrée, et son œil bleu de mer
darda un rayon de phosphore et de haine implacable !

— Et d'Aimée de Spens, vous en souvenez-
vous ? fis-je encore coup sur coup, craignant
que le fou ne revînt, et voulant frapper de ce
dernier souvenir sur le timbre muet de cette
mémoire usée qu'il fallait réveiller ! »

Il tressaillit.

— Oui, encore aussi ! fit-il, et ses yeux
avaient comme un afflux de pensées. — Aimée
de Spens, qui m'a sauvé la vie ! La belle
Aimée ! »

Ah ! je tenais peut-être l'histoire que mademoiselle de Percy n'avait pas finie !... Et cette
idée me donna la volonté magnétique qui
dompte une minute les fous et les fait obéir.

— Et comment s'y prit-elle pour cela, monsieur Des Touches ? Allons, dites !

— Oh ! dit-il (je lui avais enfin passé mon
âme dans la poitrine, à force de volonté !), nous
étions seuls à Bois-Frelon, vous savez ?... près
d'Avranches... Tout le monde parti... Les Bleus

vinrent comme ils venaient souvent, à petits
pas... Ils cernèrent la maison... C'était le soir.
Je me serais bien fait tuer, risquant tout,
tirant par les fenêtres comme à la Faux, mais
j'avais mes dépêches. Elles me brûlaient....
Frotté attendait. Ils l'ont tué, Frotté, n'est-ce
pas vrai ?... »

Je tremblai que l'idée de Frotté ne l'entraî-
nât trop loin de ce que je voulais qu'il me dît.

— Tué, fusillé ! lui dis-je. Mais Aimée ! »
Et je lui secouai durement le bras !

— Ah ! reprit-il, elle pria Dieu... entr'ouvrit
les rideaux pour qu'ils la vissent bien... C'était
l'heure de se coucher... Elle se déshabilla. Elle
se mit toute nue. Ils n'auraient jamais cru
qu'un homme était là, et ils s'en allèrent ! Ils
l'avaient vue.... Moi aussi.... Elle était bien
belle... rouge comme les fleurs que voilà ! désignant les fleurs du parterre. »

Et son œil redevint vide et atone, et il se
remit à divaguer.

Mais je ne craignais plus sa folie. Je tenais
mon histoire ! Ce peu de mots me suffisait. Je
reconstituais tout. J'étais un Cuvier ! Il était
donc vrai, l'abbé avait tort. Sa sœur avait
raison. La veuve de *M. Jacques* était toujours
la Vierge-Veuve. Aimée était pure comme un
lis ! Seulement elle avait sauvé la vie à Des
Touches, comme jamais femme ne l'avait sauvée

à personne... Elle la lui avait sauvée, en outra-
geant elle-même sa pudeur. Quand, à travers
la fenêtre, les Bleus virent, du dehors où ils
étaient embusqués, cette chaste femme qui
allait dormir et qui ôtait, un à un, ses voiles,
comme si elle avait été sous l'œil seul de Dieu,
ils n'eurent plus de doute. Personne ne pouvait être là, et ils étaient partis ; Des Touches
était sauvé ! Des Touches qui, lui aussi, l'a-
vait vue, comme les Bleus... qui, jeune alors,
n'avait peut-être pas eu la force de fermer les
yeux pour ne pas voir la beauté de cette fille
sublime, qui sacrifiait pour le sauver le ve-
louté immaculé des fleurs de son âme et la
divinité de sa pudeur ! Prise entre cette pudeur si délicate et si fière et cette pitié qui
fait qu'on veut sauver un homme, elle avait
hésité... Oh ! elle avait hésité, mais, enfin,
elle avait pris dans sa main pure ce verre de
honte et elle l'avait bu. Mademoiselle de Som-
breuil n'avait bu qu'un verre de sang pour
sauver son père ! Depuis, peut-être, Aimée
avait souffert autant qu'elle ? Ces rougeurs,
quand Des Touches était là, et qui la couvraient
tout entière à son nom seul, qui ne l'avaient
jamais inondée d'un flot plus vermeil que le
jour où mademoiselle de Percy avait dit, sans
le savoir, le mot qui lui rappelait le malheur
de sa vie : « *Des Touches sera votre témoin !* »

ces rougeurs étaient le signe, toujours prêt à reparaître, d'un supplice qui durait toujours dans sa pensée, et qui, à chaque fois que le sang offensé la teignait de son offense, rendait son sacrifice plus beau!

J'avoue que je m'en allai de cette maison de fous, ne pensant plus qu'à Aimée de Spens. J'avais presque oublié Des Touches.... Avant de sortir de sa cour, je me retournai pour le voir... Il s'était rassis sous son arceau, et, de cet œil qui avait percé la brume, la distance, la vague, le rang ennemi, la fumée du combat, il ne regardait plus que ces fleurs rouges aux-quelles il venait de comparer Aimée, et dans l'abstraction de sa démence, peut-être ne les voyait-il pas...

FIN.

NOTE DE L'AUTEUR. — A la page 126, lisez *Josterie* au lieu d'*Osterie*. Je n'aurais pas corrigé cette faute, si elle avait été une faute de français ; mais c'est une faute dans le patois, la langue maternelle de mon pays, et je l'ai surtout corrigée par la raison que je suis plus patoisant que littéraire et encore plus Normand que Français.

J. B. D'A.

TABLE

—

Paris. — Typ. Ch. Unsinger, 83, rue du Bac.

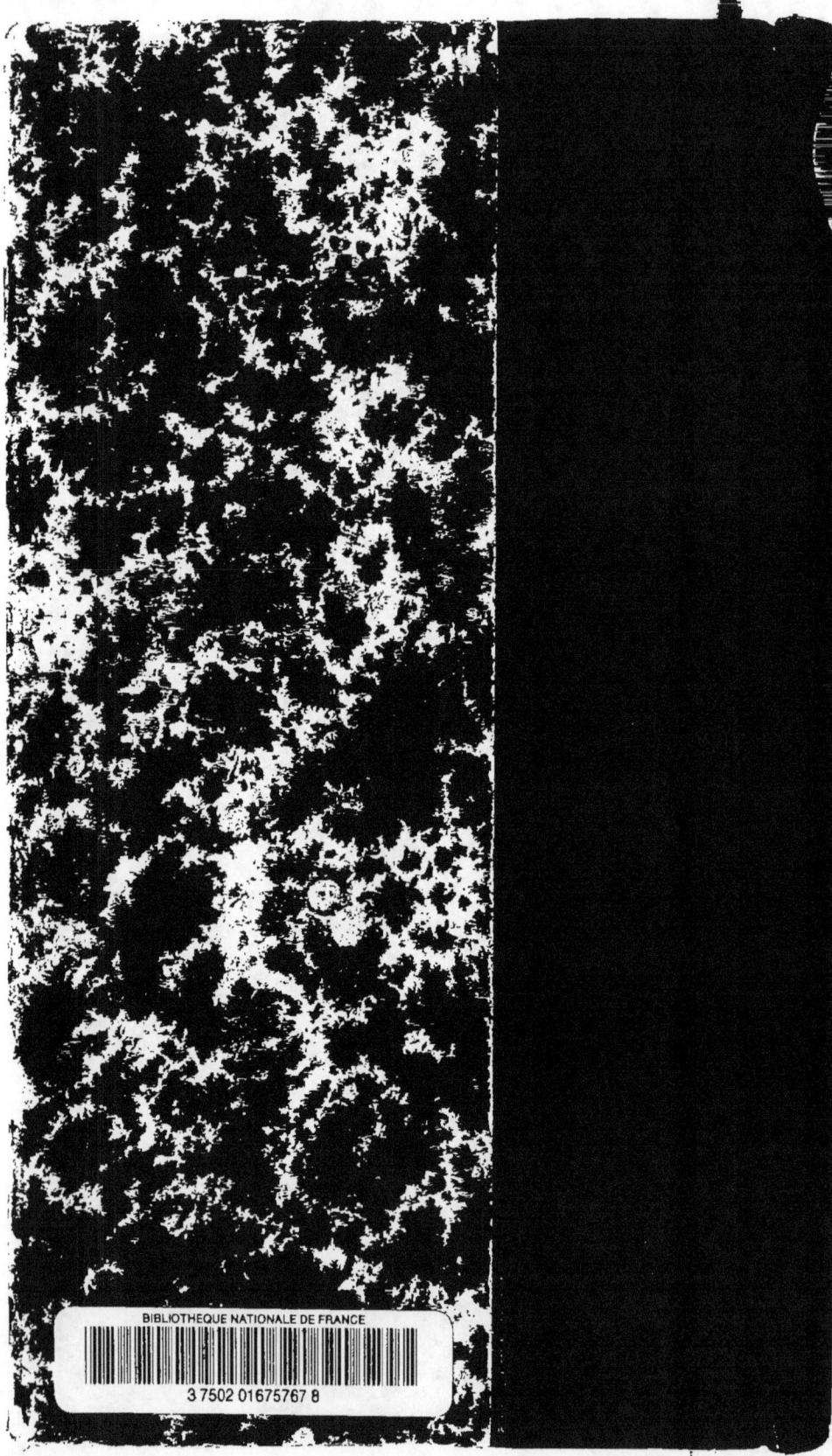

www.ingramcontent.com/pod-product-compliance
Lightning Source LLC
Chambersburg PA
CBHW070506030726
47503CB00004B/1186